制裁列車

笭菁——著

『各位旅客請留意，歡迎搭乘制裁列車。』

目錄

（※本故事內容純屬虛構，如有雷同，純屬巧合。）

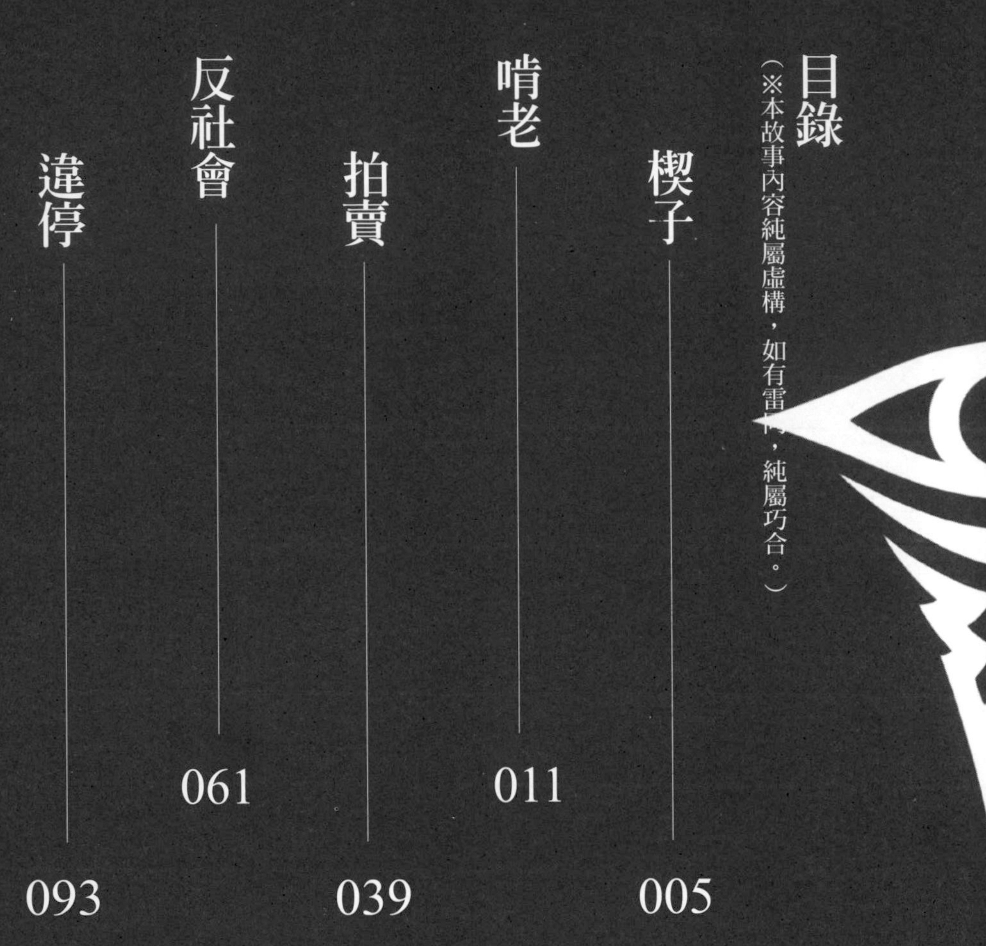

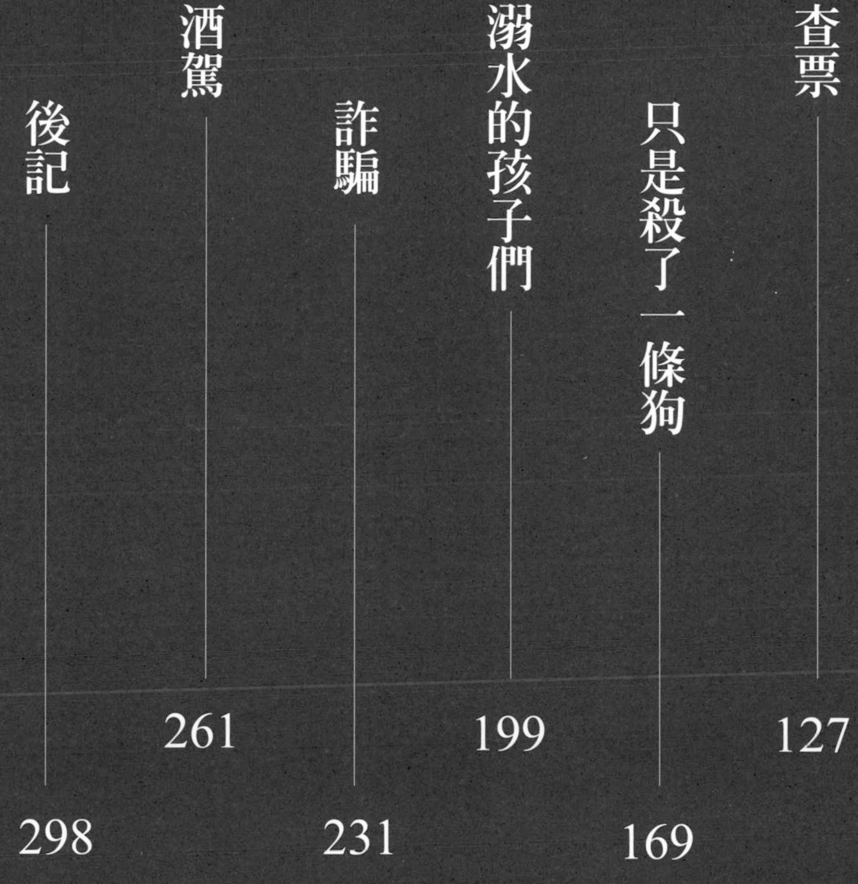

楔子

車子停了下來。

車上的眾人面面相覷，不懂得通勤時間的列車怎麼會突然停在非站台的隧道內？

「這是怎麼回事？」

「對啊！上班趕時間耶！」有人按下了與列車長的通話鈕，希望對方能有個回應。

『沙沙……沙沙沙……』對講機那頭除了沙沙音，什麼都沒有。

「搞什麼啊？」「就停在這裡？也出不去啊！」上班時間，車廂裡擠滿了人，乘客們開始心浮氣躁的拍著車體。

「手機也收不到訊號是怎樣？」

「喂——喂！」第**1**車廂的人開始往車長的門上猛拍，「怎麼回事！」

車長卻只是背對他們，紋風不動。

『各位旅客請留意，歡迎搭乘制裁列車，本列車即將開放制裁者上車。』

「什麼？什麼制裁列車？」乘客們面面相覷，不明所以。

『凡是您曾做過任何不為人知的惡事，惡不論大小，只要有制裁者要出面，您就必須接受制裁；舉凡撞死動物不予理會、違停間接造成車禍，本單位均會精準的確認您的罪刑，供制裁者處刑！』

「這是……什麼實境秀嗎？」

「放我出去！」砰砰砰砰，有乘客已歇斯底里，「放我出去！」

『不需接受制裁者，請靜靜站在原地，如果畫面過於血腥，請您闔上雙眼，切勿奔跑尖叫，如被波及，本單位恕不負責。』

到底在說什麼啊！所有乘客陷入恐慌，尖叫聲叫罵聲不絕於耳，小朋友們緊拉著自己的父母，被這氣氛感染著嚎啕大哭。

嗶——一陣刺耳聲響，逼得所有人掩耳微蹲，然後列車門唰地開啓了。

明明是在隧道內，但此時開啓的門外竟都有通道，某個男人率先反應的往外衝，卻突然止步的退了回來，伴隨著鐵青的臉色，雙腳不自覺發抖。

他的門口，站著一個人，不。

是一個以無數隻老鼠組起來的人形，密密麻麻得令人作嘔，他嚥了口口水，想起自己先前才以碾過老鼠取樂。

噗嘩——成堆的老鼠瞬間崩毀，像潮水般衝進車廂裡，頓時尖叫聲四起，老鼠們卻全數撲向了男人，「哇啊啊啊啊！」

『再次重申，不需接受制裁者，請靜靜站在原地，如果畫面過於血腥，請您闔上雙眼，切勿奔跑尖叫，如被波及，本單位恕不負責。』

女孩緊閉起雙眼，她腦子回想起從小到大做過的惡事，但凡是人誰沒犯過錯？但是她有害死過誰嗎？有嗎？

「哇啊啊啊——」淒厲慘叫聲不絕於耳，女孩嚇得掩住雙耳，救命！

救命啊——

「莫名其妙耶！」數百公尺外，下一站的月台上擠滿了人，活像沙丁魚罐頭一般，水洩不通。

「這誤點也太久了吧？頭一次遇到捷運誤點的啦！」

「都二十幾分了是發生什麼事？這又不是鐵路！」

「在隧道裡能幹嘛啦？」

「啊！車子來了！來了——」有人高喊著，總算看到列車蹤影了。

『各位旅客很抱歉，由於軌道訊號出現異常，造成列車延誤情形，請您見諒。』

列車緩緩停下，月台上擁擠的人潮一瞧，不由得有些欣喜！

「人很少耶！幸好！」

「對啊！還以爲會很多人，這樣這班應該上得去了！」

緊抱著銀杆的女孩緩緩睜眼，冷汗浸濕了她的衣服，回頭看著即將擠進來的人潮，還有車廂中頓時短少的無數人員。

她不知道剛剛發生了什麼事，但現下眼前所見卻是乾淨、明亮的捷運車廂；人潮湧進，把她擠到角落去，她驚恐的發現剛剛坐在她面前的小孩子居然不見了！

許多人都在發抖，但沒有人吭聲。

因爲適才列車啓動時的廣播，言猶在耳。

『敬愛的旅客請留意，制裁列車上所見所聞，請勿對外透露隻字片語，否則

您最好此生都不搭乘任何交通工具……制裁列車，隨時敬候大駕。』

擠到塞不下了，車門終於緩緩關閉，月台上、甚至樓上還有數以百計的通勤人潮擠不進來。

耳邊大家都在抱怨著上班時的延誤，女孩瑟瑟顫抖，難得的誤點，隧道裡的二十五分鐘，將不會有人知道發生了什麼事。

『旅客您好，由於訊號異常，導致班次延誤，多有不便，請您見諒。』

沒有人知道。

啃老

「爸，我回來了。」

拎著香味四溢的東西進家門，卻有一股酸味撲鼻而來，他皺起眉拎著食物走進廚房，果然洗碗槽裡堆滿了髒亂的碗，上頭還有蟑螂在爬，垃圾桶早已滿出來，其餘垃圾扔得到處都是，東西全發臭了。

唉，眼看著食物也不能擺在這兒，他走出去想先擱在餐桌上，卻發現餐桌上菜罩裡的菜也都已經發霉……好不容易騰出一角，把剛買的食物放上，挽起袖子，他便開始大清掃，洗碗、清理廚餘，把垃圾分類好，腐敗的食物全數倒掉，再將家裡清掃一遍；戴起口罩到廁所去沖洗尿騷味嚴重的馬桶與廁所，歷經兩個小時後，在空中噴灑香氛，總算可以告一段落。

這已經是固定每週做一次的事了。

他將買回來的菜熱一熱，盛盤裝妥，擺放在已擦拭整潔的餐桌上。

走到屋裡唯一緊閉的房門前，他做好心理準備，深吸了一口氣。

「爸，吃飯了！」

輕叩房門，他知道父親醒著，也知道他已回來，只是父親絕對沒有什麼熱情迎接。

父親總是視這一切為理所當然。

例如他一星期來看他一次，也會帶來一星期份量的食物，然後他會把這個家重新打掃得乾乾淨淨，接著他會叫父親吃飯，這時父親才會走出房間，一同坐在餐桌上，說些不著邊際的話。

門內沒有應聲，好一會兒聽見裡頭好幾道鎖的開鎖聲後，門才打開，走出一個不過六十餘歲的男人。

「啊，」父親並沒有正眼瞧他，「你回來啦。」

「嗯，吃飯吧。」他擠出笑容，趕緊回身先走，「我買了你最愛吃的粵菜，我可是好幾個月前就先訂好了呢！」

「喔。」父親還是一如既往的平淡。

他倒是熱切殷勤的為父親盛好飯，父子倆一塊兒坐在餐桌上，今天是除夕，家家戶戶團聚圍爐的日子。

母親走了快十年了，就剩下父親一個人，父親個性本就不開朗，母親離世後更加嚴重，幾乎足不出戶；沒有朋友也不與鄰人打招呼，每天就關在房間裡滑手機、睡覺，有飯吃就熱來吃，沒東西吃隨便找些餅乾塡肚子，反正他這個獨子每週都會來，並且帶上足夠的食物。

但是他知道，父親足不出戶的主因是什麼。

他現在是普通白領，簡單一份工作賺錢過活，但是其實他或父親都不必過得這麼辛苦，因爲父親有三棟房產，其中有一棟還在首都精華地段，前兩年售出，那可是好幾輩子都吃不完的財富。

他本來以爲父親是想換間舒適的大房子住，或是至少給他一點……但是，一毛都沒有。

賣房子的錢從未給他一毛，每當他提起也想要買屋時，父親總是淡淡一句：「喜歡就買啊！」

喜歡就買？他一個上班族哪來的頭期款？他當然希望父親資助啊！那幾十億的現金就放在家裡啊，隨便撥給他都可以買好幾棟房子了！

但是父親完全沒有要資助的意思，他就喜歡窩在房間裡，守著滿屋的鈔票。

「爸，我打算結婚了。」他開口了。

「哦？」父親默默的算著，「也對，年紀差不多了。」

他苦笑，他懷疑父親根本不知道他幾歲吧？

「我會安排一個正式見面，讓您也跟她爸媽見見面，吃吃飯……」他才在說著，父親立即搖搖頭。

「不必這麼麻煩，是你結婚又不是我要結婚！」父親端著碗看著他，「我認識她父母要幹嘛？我沒有要跟他們做朋友啊！」

果然……這個答案他一點都不意外，只是有點心寒。

「爸，但對方父母會想見見你，想看未來女兒嫁的家庭是怎麼樣、女婿的父親是什麼樣的人！」他認眞的回應。

「見什麼？像你媽都不在了怎麼見？要是我也不在，他們要見誰？」父親冷笑著，「有些事情大家心知肚明，以後我也不會聯繫他們，不需要做多餘的事。」

他有些食不下嚥了，深吸一口氣，「爸，這是我的婚姻大事，人生大事，你就不能幫我一下嗎？」

「就是因爲這是你的婚姻大事，你、的！」父親強調了，「你已經三十歲的人了，自己無法處理自己的事情嗎？非得勞煩我？那個女孩是嫁我？還是嫁你啊？」

他重重放下碗，無名火自腹中燃燒，氣不打一處來。

這口氣不只是因爲父親不願出席雙方家長的會面，而是日積月累的不滿與怨懟！

明明擺在眼前的，是他都要結婚了，父親不配合也沒說句祝福，甚至也沒有表示些什麼……他家房產這麼多，他卻過得這麼辛苦，這不合理啊！

「那她你總要見吧？我會帶她過來。」緊握著拳頭，他忍著脾氣說。

「隨便。」

看著父親夾菜入碗，他實在不懂他們父子之間何時開始這麼淡漠的？母親過世後嗎？不，更早之前……他大二那年，跟堂兄弟們玩鬧時，堂弟問他畢業想做什麼？

他隨口說，家裡這麼多房產我幹嘛工作？

他那是中二、是炫耀，但這話間接傳到了父親耳中，父親嚴肅的問他是否眞的說過這句話？那時的他臉皮薄，承認說過但不承認錯，嚷嚷著既有首都那些幾十億的房產，愁什麼生計？

「那是老子的錢！不是你的！」

那天，父親氣急敗壞的對他吼了這一句。

而他氣得離家，此後父子情感淡漠，母親雖然希望他們合好，但就算事隔多年後他有心，父親卻不再對他熱絡。

兩年前賣掉那棟房後，還眞的一毛都不給他。

「我們打算在市區買一棟房子。」他逕直開口了，父親拿著筷子的手明顯頓了一下，「爸，我希望你幫我。」

父親沒看他，只是收了下顎，停頓數秒後才動手夾菜。

「幫什麼？自己的房子自己掙，如果沒那個能力，也不必硬買房子。」父親淡淡的說著，趕進度似的大口大口把飯扒淨。

他雙拳緊握，父親眞的寧願抱著這些鈔票，也不願幫他？

喀，父親放下碗。

「爸……」

「我吃飽了。」父親往桌上擱好碗，直接起身。

他無法再忍了！他跟著起身，直接以身子擋住了父親的去路。

「爸，你我都清楚你有多少錢，還沒加另外兩棟房子……就當作是給我的結婚禮物，資助我一間房子很難嗎？」他忍不住的揚高分貝，「你知道我們可以過得更舒心的，錢是要拿來花的，不是拿來守的！」

父親驀地睜大了眼，用一種冷漠的眼神瞪著他。

「我就知道……我就知道有這麼一天，看看我養出什麼兒子！你就是一直在覬覦我的財產！」父親咬牙切齒的低吼。

「我這哪是覬覦！你有的是你花不完的錢，而我是你兒子啊！」他激動的喊著，「連慶祝我結婚都做不到嗎？」

「我眞不想承認有你這種兒子！」父親舉起手，指著他鼻尖，「你永遠要搞清楚，那是我的錢！我沒有義務要給你！我死後也不一定要給你，那、是、我、的！」

早在這兒子說有這麼多錢幹嘛辛苦工作那刻起，他就知道，他的孩子未來只會看見他的錢！明明不是自己的東西，卻在那麼早就理所當然的認爲他會獲得、或是會繼承！

休想！他一毛都不會給他，就算燒掉了、捐出去，也不會給這白眼狼！

父親氣得從鼻孔裡哼氣，直接推開了他，逕往房間走去。

他回頭看著父親的背影，他知道……這輩子他都無法從父親那兒獲得一分錢了！

到底爲什麼？

下一刻，他什麼都無法思考，只知道往前衝向父親，而他的右手……

順手抓過了一旁架子上的石雕。

一打開門，平頭男的臉色就沉了下去，他原本以爲是女友，結果居然來的是大哥。

「幹嘛？」他沒好氣的唸著，擺明了不想讓男人進屋。

大哥越過他朝裡瞥一眼，行李箱就擱在玄關，他的目的地顯而易見。

「你要出去？」

「嗯，要去度假。」平頭男眼睛朝旁看，翻著白眼。

「今天什麼日子，你要去度假？」大哥表情嚴肅，「今天是除夕夜，大家要去爸媽的養老院圍爐，你——」

「你們去就好了啊！奇怪咧，又不差我一個！」平頭男扯了嘴角，「拜託一下，我很忙，有空我會去看的！」

「有空？你什麼時候有空？都在吃喝玩樂兼度假，你每天都該很有空！」大哥氣得推開他，往裡頭走去，「過年度假？房價有多貴？」

「拜託，哥，你們喜歡當奴才就去當，不要妨礙我享樂啊！吃喝玩樂也是需要體力的好嗎？我當然很忙！」平頭男聳了聳肩，「不要教我怎樣叫生活，我覺得人就不該工作，人生這麼短，該要享受過一生！」

哼，享受？大哥轉了回來。

「享受也要有本錢，你現在花的是爸的血汗錢！」大哥嚴厲的指責，「你這種花法，爸前幾年給你的錢都花完了吧？」

「煩耶，給我了就是我的，已經不是爸的錢了！」平頭男滿臉不耐煩，「錢要花才會流動，放著是不會生錢的！」

「你根本沒在賺錢，怎麼生？你的錢就是只有花掉而已。」大哥不客氣的說。

「誰說的！我有投資幾間餐廳喔，營收還不錯好嗎！做生意就是要像我這樣，用腦子，不是坐辦公室或做苦力，還賺不到我的百分之一咧！」平頭男得意的勾起微笑，「好啦，不要跟我囉唆，壞我出遊興致。」

平頭男走到門邊，一副要送客的樣子。

「這叫跟你囉唆？今天是除夕，一家團圓的日子，你竟然不跟家裡過，也不去陪爸媽……」

「有完沒完啊！」平頭男驀地咆哮暴怒，「我就不想陪！我討厭那種地方，空氣瀰漫的都是老人的酸味，還要在那邊裝孝順，爸媽連話都說不清楚了，搞不好連我都不認得！」

大哥都傻了，他簡直不敢相信，這是弟弟說出來的話！

「你——」他上前二話不說揪住了平頭男的領口，「爸媽最疼的就是你，他們忘掉全世界也不會忘了你，每次我們去，他們都只關心你什麼時候去看他們，你竟然敢說出這種話？」

「啊——」平頭男也忿怒的撥開手，「最疼我？這什麼鬼話！不是還有錢沒分乾淨嗎？最疼我爲什麼不把財產都給我？偏偏多給你一百萬？多給姐一間套房？」

大哥懵了，這被家人寵到大的弟弟，終究是廢了。

「多拿一百萬陪爸媽吃個飯正常吧？」

身後傳來了女人的聲音，平頭男越過大哥喜出望外的看著女人，大哥回眸，首先映入眼簾的是對低胸豪乳，這個女人是弟弟的女友，跟了他好幾年了，也是個花錢如流水的虛榮女。

「小愛！」平頭男開心的迎上前去，「妳可來了！」

「大哥，你們眞的很煩，都多拿一百萬了，照顧爸媽本來就你們的職責啊，不然一百萬拿爽的喔？」女人冷哼一聲，「別老是來煩我們好不好？」

「所以，你們沒有分到平均的錢，就不需要盡孝道了嗎？」大哥幽幽的說著。

「你這叫情緒勒索喔！」平頭男不爽的走到大哥身邊，這次不客氣的推了他出去，「好好好，你跟姐姐最孝順，可以了嗎？都給你們孝順，等爸把錢公平的分光，我們再來談嘛！」

「你——」大哥話都沒說完，直接被一把推出門外，尙未回頭，就聽見門重重甩上。

心如死灰，他第一次瞭解到這句話的眞諦。

最被疼愛的弟弟，最後成了最不負責任的傢伙，妹妹早勸過爸爸不要這麼快分家產，但那時弟弟利用分家產爲誘餌，拐騙父親說，他要買一棟房子，跟爸媽住在一起……

所以父親分了財產，分完後卻沒了弟弟這個兒子。

連藉口都懶得想，弟弟就帶了大把錢去逍遙，還拿分錢不公平爲由，處處激怒父親，直到父親中風爲止；他與妹妹找了一家具醫護的優質養老院，將父母送進去以得到專業的照顧，病情才趨於穩定。

而他們大家都不時的前去探望，情況越來越好，直到母親最近一個小感冒，引起了一堆併發症。

而弟弟，從爸媽搬到養老院後，就只去過一次，連通電話都懶得打，訊息都不傳。

他本來打算用求的也要求弟弟回家一趟，至少這個過年，演戲也好，因爲醫生說媽媽的狀況非常不好！

但現在看來，這種人不值得他求。

「喂，是我。」他失落的打給妹妹，「對，沒有用……別管他了，跟爸說他出國好了……嗯，我這就過去。」

按下電梯，他看著弟弟家緊閉的大門，由衷的希望，弟弟能有報應。

他眞的很恨過年。

他坐在圓桌上，聽著親戚吱吱喳喳，聽得頭都痛了，每個人你一言我一語的，全指著他「批評指教」。

「你都三十了耶，阿修，不是三歲，你想賴在家裡到何時？」

「是啊，都不去找工作，眞的要你爸媽養你一輩子喔？」

「不是阿姨在說，要有個大人的樣子，每天都關在房間裡打電動？你人生就要這樣過嗎？」

對面的爸媽用忿怒又悲傷的眼神望著他，他們是罪魁禍首，找了親戚聯手逼他罵他，因爲他們一直希望他立刻離開這個家。

「爲什麼人一定要找工作？」他不慍不火，說完大口咬下飯桌上肥美的雞腿。

「你不工作怎麼生活？」叔叔瞪大了雙眼，這哪門子問題？

「可我活得好好的啊！」他聳了聳肩，滿嘴油膩的咂咂嘴。

是啊，這一百七十五公分、超過百公斤的身體，過得很好啊，好到翻了吧！

「那是因爲我們在養你！」父親壓著怒氣出聲，「讓你搬出去，卻死賴在家裡不走、叫你去找工作也不願意，還不耐煩！整天跟廢人一樣無所事事！」

「我爲什麼要搬出去？這我家，我住在這裡有吃有喝有得住，白痴才要出去吧！」他三口解決一隻雞腿，立即再夾了塊大蹄膀，哎唷，瞧這油亮的，「既然都知道我出去會餓死，幹嘛非逼我出去？」

「看看你說這什麼話？你成年很久了，難道你就要這樣賴著我們一輩子嗎？」

他抬首看著對面的父母，嘴裡還咬著一塊油都要噴出來的肥肉。

「爲什麼不行？」

「嗚……」母親當場就哭了出來，那是氣哭的，她不懂這孩子爲什麼會這個樣子！

「你……你們看看他！就看看這副肥頭豬腦的樣子，還吃！你他媽的還吃！」父親氣得摔碗扔筷，「啃老還啃得這麼理所當然！」

不然咧？他翻了個白眼。

「爲什麼不能啃老？幹嘛講得一副十惡不赦的樣子？我就不喜歡工作，我也沒什麼不良嗜好，也沒拖累到你們什麼啊！」他才覺得這些人莫名其妙，「我只是待在家裡，吃你一口飯是怎麼了？」

「只是？哇喔……」堂妹覺得這簡直奇聞，嘲諷的笑了起來，「堂哥，你臉皮眞的很厚耶！三十多歲了窩在家裡啃老都不丟臉喔？」

「不啊，爲什麼要覺得丟臉？你們有沒有搞錯一件事啊？」他冷冷笑著，「爸媽養我是天經地義吧！」

「什麼啊！那是未成年時耶！」大伯簡直不敢相信，這種話爲什麼理所當然？

「誰說的？我不想出生啊，我有拜託你們生我嗎？」他用恥笑的神情看著父母，「我不想活在這世界上、我不想唸書、不想工作，我就只想睡覺、打電動、上網，耗到這具軀殼沒有用爲止！」

全場啞然，沒有人聽過如此理直氣壯的說詞，雙親更是瞠目結舌，這麼說來……還是他們的錯了？

不該生下他？

「但……」堂哥又要開始說教了，他先聲奪人一掌擊桌。

「不要說那五四三啦，也不要叫我去死，我怕痛，對自殺也沒什麼興趣！反正誰生下我就要負責啊，當初也沒問我要不要被生下來不是嗎？」他擦了擦嘴站起身，「我已經吃到這麼肥了，說不定沒幾年就生病死了，該負責的人本來就是你們，不要以爲什麼都你們說了算！」

「站住！你去哪裡？」父親氣得拍桌子站起。

「這種飯怎麼吃得下去啦！而且我吃飽囉！」他回頭懶洋洋的說著，「你們趕不走我的，我會賴到在家裡變屍體爲止！今天看在除夕夜的份上，我出去晃晃給大家清靜一下，明天見！」

「你這個……你……」父親氣得臉色漲紅，一時頭暈往後倒了下去。

「大哥！」

「大伯！」

「哇……」

他聽著，但沒什麼反應，抓過鑰匙時思考了一下。

最後在裡面兵荒馬亂的聲音中，從母親皮包裡帶走幾千塊，今天就去市區的網咖耗一天吧！

手機明明開飛航模式，但男人卻緊盯著不放，絕對不是在等待訊息，他心底隱約的不安，但最後還是忍著把手機收起，不要點開，不該點開。

他必須是不在家的情況，正在前往找未婚妻的路上。

前方一個平頭男人的手機響起，在車廂內聲音還調到最大聲，讓他有點不耐。

平頭男正摟著女人，瞥了眼手機，不耐的深呼吸。

「看，換我大姐。」他把手機遞給女人看。

「別接！掃興！」女人扁了嘴。

不過平頭男還是接了，想看看到底還有什麼新鮮的廢話。

『你在哪裡？』劈頭第一句就是質問，非常符合大姐的風格。

「火車上。」他懶洋洋的回答，「大哥來過了，妳知道吧？」

『我知道，我想看看你是不是真的這麼不孝……你還真的不回來？』

「有你們就夠啦！不差我一個啦！」平頭男敷衍著，「好啦，我在火車上，會吵到別人，不能聊！」

也知道怕吵到別人喔？男人瞪著平頭男的後腦杓，在心中咕噥。

『你就不怕有報應嗎？像你這種——』

「妳有完沒完啊？」平頭男不爽的對著手機吼，音量大到附近的人都側目，「我就是沒要回去啦！我要去度假！」

「掛她電話啦！」懷裡的女人嬌嗔的說。

『叫她閉嘴，她沒資格這樣跟我說話！』電話那頭的大姐聽了怒不可遏，『你知道媽媽生病了嗎？她迷糊間還在喊你的名字……』

「煩死了！我不想聽，好好的過年一定要煩我嗎？」平頭男說著直接掛斷手機，「馬的吵死了！」

「眞掃興，把手機關了！」身邊的女人跟著不爽，玩興都被影響了。

「對啊，一直吵，到底誰規定過年一定要回去的？回去他們只會唸我們不回去、不照顧爸媽的……」平頭男大手摟過了女人，「大哥多分到一百萬，當然是要他們照顧啊！關我屁事！就算大姐也多一間套房好嗎！」

「就是，你爸媽就是偏疼你大哥大姐，才不公平！」女人冷哼一聲，「要是公平就把剩下的產業都賣了，把錢平分後再來談啦！」

「哈哈，就算平分了我也不會去管他們啦！照顧多煩人，還不如現在這樣天天玩！」說著，平頭男摟得女人更緊了。

又是個遺產分了就沒親情的混帳嗎？男人看著前頭摸來摸去的男女就反胃。人都說親情無價，但最後其實都能用金錢去度量！多少老人一旦遺產分完，就準備被拋棄了？手足之間立即就會以分錢的多寡來論責任。

男人冷笑，按緊腿上的行李袋，所以老爸就是個很精明的人，可能知道這個狀況，深怕分完錢就沒有親人，所以一毛不拔，連一分錢都不給他。

男人身邊沒坐人，他巧妙的張望，確定無人注意他後，默默打開拉鍊，往裡頭瞥了眼——沈甸甸的鈔票塞滿整個袋子，還有父親的存摺跟印章，都好端端的躺在裡面。

他不禁泛起了微笑，雙眼晶亮。

沒道理家裡這麼多房產，他還需要工作是吧？父親搞不清楚，他是獨子耶！父親死了之後，錢還不都他的？不，他覺得父親可能會裸捐出去，一毛都不會留給他。

爲什麼不放手呢？錢這種東西，生不帶來、死不帶去，給他用多好？

拉好拉鍊，男人發現自己指甲縫裡帶著血，下意識的握拳收起，這點血硬是洗不掉，他得想辦法在警察找上門前，把指甲裡的血汙處理好。

是父親逼他的，他隨手拿了架子上的藝術品尻下去，誰知道老爸就不動了！他開著暖爐，附近都是易燃物，還鬆動了瓦斯管，就等待爆炸的瞬間，將所有一切都燒掉，就不會留有什麼證據了吧？

這些錢他得藏好，然後他接下來要做的……是一個痛哭失聲的孝子。

突然一股令人作嘔的酸味傳來，伴隨著濃郁的體臭，男人皺起眉朝後方看去，只見一個身材噸位超大的男人在走道上移動，尋找著座位……可惡！男人心中暗叫不好，現在整節車廂，只有他身邊有空位！

砰的，肥男人果然一屁股坐下，這一坐就差點擠得他貼上窗戶！

「不好意思，我胖！」胖男人主動打招呼，刻意往走道挪出去一點，給男人騰出空間。

男人乾笑，現在肥胖已經不是他最在意的事，這胖子身上的體味也太濃了吧！是幾百天沒洗澡了嗎？

「我下兩站就下車！」胖子趕緊解釋，「我本來想隨便坐，但列車長一定要我按照座位坐。」

他揚揚手裡的車票，表示他的座位眞的是這裡。

「……沒事。」他憋著氣回應。

這大過年的一票難求，當然要照位子坐啊！

「回家嗎？」胖子意外的健談，男人警戒的一怔，或許他是個完美的不在場證明？

「沒，我下午回家了，先陪我爸吃過飯，現在要去找我未婚妻。」他溫文的笑著，手裡捏著包更緊。

「哦，眞好，可以吃兩頓年夜飯。」胖子乾笑，「我相反，我逃家。」

「啊？」

「我們也提早吃啊，一到過年，多嘴的親戚都會到啊，都在叫我去工作，不要賴在家裡……」胖子不耐煩極了，「到底誰規定成年就不能廢在家的？對吧！」

男人微抽了嘴角，突然覺得自己跟這胖子比好多了，至少他有在認眞工作……但他依然再同意不過了！

「對啊，人爲什麼一定要工作？爸媽又不是養不起我們？」幾億的家產，卻連棟房子都不願送他！

「就是！」胖子雙眼一亮，沒想到遇到懂他的人，「什麼叫啃老？拜託，把我生下來逼我長大、逼我唸書，還要逼我自食其力養自己？我當初有求他們生下我嗎？」

是啊！男人忍不住點頭，這完全說到他心坎裡了啊！

前座的平頭男人聽在耳裡，冷笑一抹，一聽就知道後面這兩個魯蛇家裡沒什麼錢，像他老子有這麼多錢，他拿來花得可爽了！

但是……

「我也這麼覺得。」他側首附和，「人爲什麼一定要工作？爲什麼人生不能爽爽過？」

「就是！」下一秒，應和的居然是一個走道之隔的其他乘客。

一時間車廂裡熱絡起來，每個人都高談闊論，打著人生就是要爽過、不要工作、以吃喝玩樂爲王道的旗幟……

也太有志一同了吧？男人狐疑的蹙起眉，怎麼整個車廂的人都具類似觀念嗎？

列車駛進月台，塞爆的月台上都是歸鄉情切的遊子們，今天是除夕，眾多遊子都要回家，也有幾個人拎著行李站到門口準備下車；只是火車停下後，車門卻遲遲未開，外頭擠滿的人張望著，裡面要下車的人也開始嚷嚷。

「開門啊！」

「不會壞了吧！」

一門之隔，內外的人同時敲著玻璃。

幾秒後，月台突然傳來了廣播：**『本列車人數已客滿，不提供載客服務，請等待下一班列車，謝謝！』**

「咦？」月台都要暴動了，客滿？

火車內的乘客們面面相覷，這是睜著眼睛說瞎話吧？人是不少，站位也八成滿，但擠一下還是大有可爲的啊，這種一位難求的時節，居然不提供載客？

現場乘客跟站務員吵了起來，站務員正焦頭爛額的聯繫著——這班車是哪裡來的？下一班車還要五分鐘啊！

車廂內的乘客則按下緊急通話鈕——「不提供載客，但也要讓我們下車啊！」

但列車長沒有任何回應，不滿在火車內爆發，許多人不爽的試圖扳開火車門——這時，火車突然重新啓動，眞的不載客，也不讓人下車的駛離。

「哇！搞什麼！喂！」乘客們氣急敗壞，要去前頭找列車長或駕駛理論了。

只是，想走路的人卻有些不穩，因爲火車在加速，而且越來越快……越來越快……

「這有點誇張了吧？」有人往窗外看去，覺得車子快飛起來了，外頭的燈光急速飛掠，「時速太快了！」

列車正行駛在山林裡，速度飛快到兩旁樹木都成殘影，車子甚至因爲高速開始搖晃，車廂的眾人紛紛起了騷動！

『各位旅客請留意，歡迎搭乘制裁列車，本列車即將進行制裁。』

「什麼？制裁列車？」胖子嚷嚷，捏在掌心的票明明是普快車啊！「這什麼列車名？」

『本列車為春節不孝特別列車，但凡是您為不孝子孫、啃老族群等社會遺毒，事跡無論大小，都將接受制裁；本單位均經過詳細背景考量，已做到勿枉勿縱。』

車廂裡的人突然安靜下來了，男人捏著錢袋，看著窗外飛掠的景物，起了一股惡寒——所以說，爲什麼車廂裡的人如此有共鳴？

而且不只是這節車廂，這輛火車上的人難道都是……

「什麼鬼東西啊幹！」平頭男站起身，但車速過快令他立即跌回位子上。

『歡迎您搭乘春節特別專車，請緊握扶手、距離制裁尚有三十秒鐘，如有話交代親人，這是您最後的機會。』

恐懼在車廂裡爆開，許多人在車廂裡衝來衝去，跟著跌得東倒西歪，然後就是踩踏、跌倒，與翻滾。

男人動不了，他僵在位子上，突然看見前方又有一處通亮的站，月台上一樣站著滿滿的——咦？

「爸！」他趴在車窗大喊著，那是他父親！

父親看著他，他們四目是相對的，但是……卻冰冷異常的目送著他……

『五、四、三、二、一……』

「呀啊啊啊啊——」

刺耳的金屬聲傳來，伴隨著最劇烈的搖晃，車廂跟著傾倒，尖叫聲在整列火車中此起彼落。

胖子整個人壓上了男人……男人的臉被壓著貼上玻璃窗，平頭男被甩上了上頭行李架再重重跌下，他們看著遠方山下夜色裡的萬家燈火，車子在一個急彎處，衝出了鐵軌。

『感謝您搭乘制裁列車，祝您新年愉……』

磅！

拍賣

其實恩怨這種事情，說穿了不是重點。

有時做人就是要知道分寸，像阿育就是個不懂分寸的混帳！明明是他一手帶出來的人，結果竟敢說要出去自立門戶！但他是大哥，要有應該的風範，所以心裡再有意見，表面還是只能祝福。

拜託！他做直播，小弟出去也要做直播，他怎麼會爽啦！這擺明是來搶生意的好嗎！

但是他也知道，阿育是塊人才，人家想當老闆也不能礙人家的路，總不能逼他一輩子當員工吧？當大哥就是要有氣量，所以他只希望那小子懂事點，不要得寸進尺，做人要知道飲水思源。

結果呢？人喔，就是不能對人太好啦！

「大哥！又來了，他今天在說我們賣假貨啦！」阿保看著直播，「拼命毀謗我們是怎樣？」

「對啊，之前水果的事還沒跟他算咧！」另一個小弟興仔也義憤填膺。

賴坤火默默抽著菸，內心的不爽自然澎湃洶湧，但做生意要以和爲貴，他是不想把事情搞得太難看啦！再說，阿育也是他這裡出來的人。

『下一組是我們的歌神麥克風！』螢幕裡的直播，短髮男子拿出了一支現在很有名的麥克風。

看著桌面呈上的物品，一屋子人都屏氣凝神，因爲他們也有賣這組商品，老實說昨天才賣了一波。

『來來，隨便一支麥克風，非常方便，每個人都能當歌神歌后，多少錢？啊，我知道你們一定說別台2980對不對？』這句話讓賴坤火的眉頭皺了起來，『放心，我們良心生意，薄利多銷，才不賺這麼多，今天就特價二十組，1500就好！』

「幹！」阿保一聲怒喝，站了起來，「這東西成本就超過了一千五了，他敢這麼賣一定是假貨！」

「說什麼別人賺這麼多，暴利行爲，那就是在說我們啊！」興仔也不爽的拳搥眼前的茶几。

賴坤火還是沒說話，就看著直播下面的+1不停出現，這個商品短短一分鐘就賣完二十組了，還有人抱怨的確昨天買到快三千塊的同樣物品；接下來的商品又全是與他們家重複性極高的東西，不是比較便宜，就是在言語間說他們賣的是假貨，讓小弟們都忿忿不平。

「怎麼不出聲？」女人突然走了進來，小弟們紛紛喊著嫂子好。

「就先看著！」賴坤火無奈的說著，「看他到底想做什麼。」

「不是啊，孬什麼？跟我們作對的人就是要斷他手腳，他們才知道厲害！」

女人雙手抱胸，「要不然以後誰都敢跟我們嗆聲！」

「阿育好歹是我們這裡出去的，如果事情能大事化小……」

「化個屁啦！人家都在直播中直嗆了，這叫直接挑釁！」女人氣得要命，

「而且你看看，他開台之後人氣多旺！我們的人數大不如前，東西也沒賣得比以前好了……我是不是說過，當初就不該放他走！」

「妳說不放就不放啊？人家有手有腳，想走就是會走！」賴坤火嘖了一聲，女人。

「要走也要跪！看看當年那姓沈想跟我們斷，還耍一堆手段，後來不是讓他當著眾人跟直播前下跪道歉了嗎！」女人冷哼一聲，「態度要做出來，誰都不許犯我們！」

「對！大哥！我也覺得阿育太過分了！」

「不給他一點教訓不行啦！」

眾人你一言我一語，想著該怎麼料理所謂的「叛徒」，大嫂質疑的看著丈夫，平時這麼霸氣的人，怎麼可能會放過惹上他的傢伙？

門外又走進妙齡女郎，短褲的大腿上刺著美妙的曼陀羅花圖騰，她嚼著口香糖搖著飲料，直接走到賴坤火身邊，「爸，不要這麼多廢話，直接斷他手腳最乾脆啦！」

劈頭這麼一句，竟沒人反對的群起吆喝同意。

「別動不動就要斷人手腳，這個處理不好會出代誌的！我們台也會受到牽連！」賴坤火猶豫的是這點，警告不是不行，他更想直接斷他生路，但是一旦出事，警察不可能不聞不問吧？

這豈不是傷敵一千、自損五百的招嗎？怎麼想都不划算啊。

「怕什麼！道歉就好了啊！」女兒勾起笑容，「這種情況就是先揍，把他弄到半死，只要不是真的死了，隨便道個歉，付錢交保就出來了啦！」

「對對！之前阿保你們揍人，不是幾萬塊就交保了，沒什麼事！」妻子讚許的看著女兒，「只要人不死也不要變植物人，什麼事都不會有！後面打官司的日子還長著呢！」

「爸！這口氣一定要出！我跟你說，我們台當然會受到影響，大家就共體時艱嘛！人們都是很蠢的，沒熱度很快就會忘記了，到時我們再重新開始就好了！」女兒得意的挑了挑眉，「但是阿育喔……就要讓他連東山再起的機會都不敢想！」

賴坤火終於劃上了微笑，雖然傷敵也自損，但至少他們也才損一半對吧？

「沒錯，這口氣不出不行，而長此以往下去，他一定會影響到我們，不如就利用這個機會，斬草除根吧！」

阿育今天準備了一堆商品，開始在鏡頭前叫賣直播，說著幽默話語的他其實內心有點忐忑不安，前兩天聽到有人放話，說要斷他的手腳，把新仇舊恨一併解決。

又來！從認識賴坤火到現在，除了說會斷人手腳外還會說什麼？動不動就要斷人手腳、不然就是威脅人家妻小，也只會幹這種損陰德的事而已。

他有什麼好怕！日子還是一樣得過，直播是爲了賺錢養一家老小，不然咧？當初會離開也是看大哥鴨霸，而且自己也覺得有能力可以自立門戶啊！

「來來！我們今天三組啊，這麼好的牛肉就三包，限量特價——」

他才在說著，門外的聲音引起他的注意。

員工立刻上前去看，直播中怎麼會有人來呢？

門外頭傳來了爭吵聲，他還聽見他的名字，他勉強對著鏡頭擠出笑容，「人家等一下厚！」

他站起身，想看看外面發生了什麼事。

「他們說要找你啦！」夥伴壓低了聲音，「好像是賴大那邊的！」

「幹！不要讓他們進來！」阿育立即想找東西抵住門。

但說時遲那時快，一隻手從門縫中伸入，直接抓住了他頭髮！「哇啊！幹什麼！」

另一個人即刻把門推開，員工才要上前卻被一腳踹開，然後阿育就被拖出去了！

「哇——」

在直播鏡頭裡，大家只看見那三包牛肉，還有全白的背景，但始終沒有到場的直播主。

女孩雙眼發亮的看著手機裡的直播，簡直喜不自勝！

「媽！妳看！」她把手機遞給媽媽瞧，「開始了。」

媽媽瞥了一眼，滿意的笑了起來，「好，我們接下來也要做好準備，該有的說詞我都準備好了。」

「我明天照樣直播。」女兒得意的笑著，「就看以後還有誰敢惹我們家！」

白色的車子停到了她們面前，她們叫的車來了，小弟打開車門，兩位女性進入後，自個坐上前座。

「先去包廂等爸爸吧，我們得好好慶祝一番。」

喀，司機扳動了中控鎖。

堅硬的高爾夫球竿，對準男子的小腿骨，狠狠砸了下去。

「哇啊——」

阿育發出慘叫，他脛骨早就斷了，但是這些凶神惡煞卻還不放過他，繼續在斷骨上狠敲。

「嘻嘻……你真的會痛耶！」阿保笑了起來，手上的球棒垂直的往他已經被打斷的鼻骨上輕輕敲動著，徒增痛楚。

「我看他小腿還是很直啊，沒有到碎掉的地步耶！」賴坤火打量著，再狠狠往同一位置砸下去。

一下、再一下，打得鮮血飛濺。

「啊！」撕心裂肺的痛未曾停止，但叫得再淒厲也沒人聽見。

賴坤火真是找了個好地方，荒山野嶺之處，附近杳無人煙，他們手持棍棒輪流折磨他好久……幾個小時總是有吧？他手腳骨頭都已經斷了，但他們還是拼命的往碎裡敲，他已經痛到希望就這樣死去，這樣就不會有感覺了。

「囂張嘛！跟我們搶生意，還敢說我的是假貨？」賴坤火蹲到他身邊，愉悅的看著那張血肉模糊的臉，還拍了拍，「看你以後還敢再亂說嗎？」

阿育咬緊牙關不回應，只是痛苦的哀鳴。

「老大，他腳踝好像還不夠碎。」興仔說著，右手用力壓了壓第一時間就被打碎的腳踝。

「唔——」阿育咬到唇都流血了，「啊！」

「哈哈哈哈！」三個男人一同笑了起來，「叫得眞好聽，再叫再叫！」

興仔邊笑，一邊舉起棍子，再往碎掉的腳踝上使勁多敲了幾下。

阿育眞的覺得自己會死！是痛死，心臟緊縮得難以呼吸，他從未想過在這個時代，自己也會遭受到所謂的酷刑。

「這就是警告，懂嗎？」賴坤火抓起他已經被打斷的右手，隨便移動都能叫他痛徹心扉，「阿保，過來把他手拉直，我想讓他上手臂也斷成兩截。」

「是！」阿保喜出望外的拉直阿育的手臂，他的右手肘以下已經被敲斷，現下粗暴的移動，只是令阿育痛不欲生。

賴坤火要阿育四肢的骨頭斷得乾乾淨淨，這樣他就能安靜好長一段時間。

「拉直喔，一、二——」他喜歡高爾夫球竿，又直又硬又細，可以準確的打斷所有他想打斷的地方。

啪——又是慘叫，但阿育已經氣力耗盡得無法響亮的哀鳴，他連些許掙扎都沒有，因爲隨便一動都是難以承受的痛楚。

賴坤火蹲下身子檢查他的全身上下，看著滿身是血、四肢斷得乾淨的他，相當滿意自己的傑作。

「你知道，我們開了間包廂，等等要歡唱整夜、喝酒慶祝，然後把你扔在這裡……放心，你是直播中被帶走的，全天下都會找你，你不會死在這裡的。」賴坤火扳過他已碎裂的下巴，迫使他看著他，「然後我會被抓，但你知道接下來會發生什麼嗎？」

阿育咬著牙，一字一字的吐著，「下……地……獄……」

「哈哈哈哈！你跟我說地獄也太好笑了吧！」賴坤火狂笑不已，阿保跟興仔他們也跟著笑得嘲諷，「聽聽這白痴說什麼！我告訴你，我只要道歉就好了！」

阿育狠狠瞪著他，儘管他被打到半死，依然不想屈服。

「道歉，付個錢就能交保，然後我們可以打官司，我有的是時間慢慢跟你耗。」

「對，你最好有本事啦！等你快好時，再把你拖出來揍一頓，讓你變一輩子的廢人！」阿保將棒球棍抵在他的斷骨上，用全身的力量壓上棍子。

「唔……」阿育突然不想再慘叫了，他不想在這群混帳面前示弱！

「先打下去我就贏了，把你打殘廢我也贏了。」賴坤火滿意的微笑，「隨機殺人道個歉都沒事，你覺得我只是挑斷你手腳還能有什麼嗎？別想太多啊！」

他再拍拍阿育的臉頰，像一種教訓，站了起身。

「厚，對耶，有時想想我們的法律眞不錯！」興仔若有所思。

「對，對我們超有保障的哈哈哈！」

阿育如爛泥般癱在黑暗的地上，聽著他們離去的聲音，他……要求救，他不想躺在這裡等死。

但賴坤火走沒兩步，冷不防轉身衝回，狠狠往地上那四肢已被打斷的男人身上再砸了下去！

「啊啊啊啊——」措手不及，讓阿育沒忍下哀鳴，儘管虛弱，但四肢俱斷的他只能獨嚐錐心刺骨的痛。

「驚不驚喜？意不意外？」賴坤火將高爾夫球竿尖端直往斷骨戳去！「今天讓你與其他人明白，誰敢惹到我，就是這個下場！」

其他人吆喝著，「殺雞儆猴啦！」

「哼！」賴坤火愉快的再度旋身，他們一行人朝著不遠處停在路邊的汽車那兒走去。

其他人應該都在包廂裡等待他們了，不過打人耗了這麼久，居然也沒人來催一下。

「我看他以後敢不敢再囂張啦！」阿保冷笑著，「敢跟我們做對，下場就是這樣！」

興仔也嗤之以鼻，「他還以爲跟大明星一起直播就很厲害了，搞得自己都不知道自己是誰了！」

「而且粉絲再多有屁用啦，直播中把他拖出來，誰也救不了他！」

笑聲在黑夜的空曠地迴盪著，車內把風的人一看見他們來即刻發動汽車，三個男人一坐進車裡，車子立即駛離，他們將球棒隨手往後扔，後座兩人還拿出手機看著某場空無一人的直播，喜不自勝。

「這直播眞的這樣空著沒人耶！」興仔覺得太有趣了。

「就這樣擺著喔？啊啊，果然有人報警了！」阿保也饒富興味的看著底下留言。

「沒事沒事，晚上大家好好喝，有什麼事大哥挺！」賴坤火自在的笑著，

「我諒他不敢再造次，要是敢跟我們要醫藥費，我們就等他好了再斷他一次手腳，打到他不敢爲止！」

「好！這個好！以後誰敢搶生意，敢不尊重我們，那傢伙就是個例子！」

車內一陣歡呼，坐在駕駛座後方的賴坤火從手機中抬首，隨意瞥了眼，「啊現在是要去哪裡？」

車子在陌生的道路上行駛著，雖說他們住的不是市區鬧區，但這不是往卡拉OK的路啊！賴坤火往前看去，他們正前方居然有棟大樓！這附近哪有這麼高的樓？

「水蛙！這哪裡？」賴坤火問著。

但司機水蛙沒有回應，反而是踩足油門，車子加速往前衝去！

「幹！水蛙！你在幹什麼！停下來！停——」副駕駛座的興仔嚇傻了，伸手想要阻止水蛙……咦？

他動不了！

眼看著牆就在眼前，這種速度衝過去是想做什麼！適才極囂張的男人們也忍不住發出驚叫，「啊啊啊啊——」

就在車子即將撞上前，眼前的道路整條下陷，竟是塊活動斜板，房車咻地溜滑進了某個地下室。

「……系安怎啦！」一車男人們驚魂未定，「衝三小啦！」

軋——車子驀地停下，司機疾速下車，動作行雲流水，在下車的瞬間反手甩上車門，活像拍電影似的扯。

「水蛙！」賴坤火大吼，看著那戴著鴨舌帽的小弟疾步遠去，怎麼覺得……水蛙好像沒這麼高？

「搞什麼！」阿保氣忿的用力打開車門——嗯？打不開？

「中控！」興仔立刻爬到駕駛座要解鎖，但中控鎖竟無法開啓車門！還插著的鑰匙也毫無作用，打不開車門，降不下車窗，甚至也發不動車子，賴坤火回身拿過高爾夫球竿想砸破玻璃，玻璃也無動於衷！

「打電話！」賴坤火下著令，但兩個手下早就已經搜尋多時，就是搜不到信號啊！

就在眾人慌亂之際，車子竟然動了！

「喂！幹幹幹！」興仔已坐到駕駛座上，不管煞車還是轉動方向盤，都完全無法控制車子，車子彷彿全自動般，緩緩前進！

藉由大燈照耀，正前方又有一個上坡坡道，然後他們進入了一個貨櫃廊道，寬大到足以讓車子駛入，三人錯愕之際……

『嘰——沙沙——』音響螢幕突然亮起，調頻鈕開始自動左右轉動，後座的賴坤火與阿保目瞪口呆，接著音響發出了滋滋的雜音聲響。

『您好，歡迎搭乘制裁列車，本列車即將前往制裁場所。』

什麼？一車的男人錯愕不已，制裁列車？

『您的刑罰已經確定，本專車將直接前往制裁行刑處，公開直播！』

「這是什麼？興仔，你搞的嗎？」阿保橫眉豎目。

「我怎麼可能搞這個！什麼制裁！我手都沒碰到啊！」興仔回頭，急忙辯解，「我完全聽不懂那女人在工三小！」

車子最後滑進了像貨櫃的空間裡，沒幾秒後終於停下，他們藉由餘光看著右邊是牆，左邊則有張大桌，昏暗中瞧不清楚，但桌上似乎……擺放著許多東西？疊得亂七八糟，橫七豎八。

「來！新鮮柔軟的乳房，對，倒數五秒喔！」燈光啪地亮起，倏地一個人影出現在桌邊，背對著他們，「五、四、三、二、一——時間到！賣出！」

燈光刺眼到讓他們不得不瞇起眼，遮著光，看見那個人影從桌上拿起了東西……他剛說什麼？新鮮的乳房？

那疊得亂七八糟的桌上因著對方的拿取物品而微晃，叩咚一聲，有個東西從那堆物品裡滾了下來……咚、咚、叩咚叩咚叩咚……喀噠。

一路滾到了他們車旁。

「哇啊——」興仔第一時間看清楚，嚇得大叫。

後座左側的賴坤火瞪圓雙眼，右邊的阿保也湊上前想一探究竟，他的角度眞的很難看……見……

那是一顆被縱剖的人頭，暴凸的雙眼與慘叫撐到最大的嘴，凝結著恐懼在她死前的那瞬間。

重點是，那是大嫂的頭！

「哇啊啊！」阿保也嚇得後彈，賴坤火整個人完全呆住。

這是怎麼回事？

「另外一對立刻處理，我說過我們直播的貨都是最新鮮的！」高大的人影不停在燈光前來回走動，右手向後隨手一比。

「啊呀——呀——」淒絕的尖叫聲從車前方傳來，興仔壓低身子一看，整個人都傻了！

「大哥！是小姐！」興仔恐慌的回頭，指著前方。

在燈光的照耀下，他們看得一清二楚，前方鮮血淋漓，許多人如豬肉般被吊在空中，地上桌上都是斷肢殘臂，彷彿像座屠宰場……而現在那個在慘叫掙扎的女人被拿刀的彪形大漢遮住。

但是她腿上的曼陀羅圖騰刺青，他再熟悉不過了！

那是他的女兒啊！

「這是什麼鬼地方！這是什麼東西——」賴坤火發狂的咆哮著。

「不要擔心，我們貨源很充足的——看，現貨又來了！」莫名的另一道燈光，啪地投射到他們這台車上。

什麼？現貨？阿保愣愣的看著車子四周突然湧來的人們，不不不！

他們怎麼都打不開的車門，此時此刻卻輕鬆的被外頭的人打開了！喀噠。

「哇！不要——不要——」男人們死命扣住內部的門把，試圖阻止門的開啓。

但遺憾的是，車門依舊輕易被打開，穿著白色雨衣的幾個人輕而易舉的將他們拖出車外！

那氣力驚人，賴坤火以爲自己平時力量不小，但對方只憑單手就能將他拖下車子，並且直接往前方的桌子那邊拖。

而阿保與興仔則留在後面，雙手眨眼間被綁於後束緊，兩個男人拿來鐵勾，卻被身後的人示意暫時不必，等等要拿到前面拍賣用的。

興仔全身止不住的發抖，他戰戰兢兢的往右邊看去，吊在上面的大哥女兒前胸已經兩個窟窿……但是，她還沒死。

「放開啊啊！」前方賴坤火的吼叫聲喚回他們的注意，他的試圖掙扎依舊無果。

對方還是只用單手，就能輕鬆把他整個人甩上高一公尺以上的桌面！磅！

「呃啊！」被重重摔上桌面時，賴坤火覺得骨頭都要斷了。

還來不及喊些什麼，又有幾個人圍住桌邊，分別抓住他的四肢，壓住他的身體，與平時被人壓制不同，現下他只感覺到彷彿被千斤重的巨石壓住般，他連呼吸都有困難，遑論掙扎！

怎麼可能有人會有這麼大的力氣？

「來來！新鮮現貨！我們的東西就是一等一的鮮，保證全數活體取出！」在桌旁的男人輕鬆一彈指，另一個人影站到了桌旁，手上拿著一柄染血的斧頭！

「哇啊——不要！不要！」賴坤火驚恐的大喊。

「等等，拿這麼大的刀做什麼？我們要先取內臟！你先剁開等等死太快，內臟就不甜了！」主持人笑著，起身壓了壓他的身體，「看，喊得多有精神，精力旺盛，保證鮮甜！」

「不不不——」賴坤火拼了命的掙扎，卻依然連根指頭都動不了。

「大特價就是大特價，這個，這個，還有後面兩個，總共三副新鮮活剖的內臟，保證活體取出！三折！來！限時一分鐘！要的＋1啊！」

「預備——開始！」

後面兩個？輿仔跟阿保嚇得全身哆嗦屎尿失禁，那兩個是他們嗎？才在想著，工作人員把他們往前頭拖去了！

「哇啊啊！對不起，不要——拜託不要！」他們聲嘶力竭的喊著，但其實他們根本不知道自己做錯了什麼！

為什麼他們會在這裡？這應該是夢吧！

車內的調頻鈕繼續左右轉動，石英數字依舊亂舞。

『嘰……沙沙……歡迎搭乘制裁列車，歡迎……』

斧頭換成了一柄菜刀，壯漢再度回到了桌邊，賴坤火瞪大了恐懼的雙眸，看著上頭染滿的鮮血。

「來！時間到！售出──」主持人手一揮，「切──」

反社會

滑鼠點開一頁又一頁的社群帳號畫面，男人托著腮，窮極無聊的看著頁面，這些社群帳號的內容眞的很無聊，不是在抱怨、就是在炫耀，或是拍今天吃了什麼……到底誰在乎啊？

如此無趣，人的一生就這麼平淡無奇？從小唸書、考試、畢業、工作、結婚、生子，好像大家都得按照這個規定走似的，這眞的太無聊了。

他覺得人生要有起伏才叫有趣，不是什麼遭受困難這種小起伏，可以再酷一點，例如：戰爭。

之前有部電影是把整間公司封起來，讓裡面的職員互相殘殺，他就覺得這種才叫刺激新奇！開心的跟老婆分享，她卻皺著眉覺得他是變態，是否心理有問題……到底什麼叫有問題？標準是誰設的？

如果由他來設定，那麼這些循規蹈矩的人才叫有病，通通精神不正常，人生這麼短，就該爲所欲爲、不受限制才不浪費啊！

「嘻！」男子自顧自的笑了起來，點開個人頁面，在自己社群帳號下的簡介寫上：

『解離性人格、反社會人格』幾個字。

多酷啊！他陶醉般的看著新增簡介，人嘛，就是要與眾不同、特立獨行，才不枉此生。

「威爾森！」

後頭傳來冰冷的聲音，他飛快的切換視窗。

「藏什麼？我都看見了，上班時間看個人臉書喔？你很閒嗎？工作都做完了？」主管裘安娜雙手環胸，就在他斜後方瞪著。

婊子！賤貨！偷看什麼！竟敢這樣跟他說話！

附近同事相互使著眼色，威爾森被抓到了厚，嘿嘿……幾個人把頭埋進電腦螢幕後竊笑，反正這角度主管也瞧不見。

剛剛秘書早就通知魔女離開辦公室了，他們火速傳訊提醒彼此，但群組裡獨獨將威爾森排開，誰叫他總是不知道在驕傲什麼，明明什麼都不會，卻總是一副瞧不起他們的樣子，根本腦袋有洞。

他們是刻意排擠他，誰規定同事必須一定要和樂融融嗎？沒害他就不錯了！

威爾森沒吭聲，只是低垂著頭，內心裡正在罵著裘安娜，但表面上卻一句都沒敢說。

「早上叫你做的事情做好了嗎？」裘安娜來到他身邊，凌厲的問。

威爾森頭垂得更低了，「還沒。」聲如蚊蚋。

也才兩小時，誰做得出來啊？

「還沒？還沒還有時間上社群？你剛在看什麼？聊天嗎？」裘安娜直接動手搶過威爾森的滑鼠，要叫出剛剛的頁面。

「咦？」威爾森嚇了一跳，急欲奪回主控權，「這我的頁面！妳不能……」

「你使用上班時間、用公司給你的電腦、讀你的臉書，就不要跟我扯什麼隱私權！」裘安娜根本沒給威爾森面子，「你不讓我碰可以，我叫ＩＴ一樣能調出你的足跡！」

威爾森緊緊握著滑鼠，他當然不想讓這賤貨知道他剛剛在做什麼，更不想讓裘安娜知道他的社群帳號。

但她說得也沒錯，現在做這些只是拖延時間，ＩＴ一找就會原形畢露。

「唉……」他沒好氣的嘆息，自發性的叫出剛收起的網頁，「我沒聊天，就打幾個字。」

裘安娜看著螢幕裡他的個人頁面，照片當然都是騙人的美好，跟現在她看著的這個男人一點兒都不像。

照片裡的威爾森帥勁十足，眼神還有一絲銳利與性感，單看照片絕對是迷人類型，不過現實生活中嗎……五官是不差，但就這副死樣子，毫無生氣、才能平庸、效率差劣，卻自以爲自己是天之驕子似的，看人的眼神裡滿是睥睨與鄙夷。

到底憑什麼啊？他沒有一項值得人家佩服的才能啊！

裘安娜仔細查看他的頁面，她其實在他身後站了好一會兒了，就他一個人如無人之境般打字打得極開心，她當然有看見他是在更新自己的個人資料……

「解離性人格？反社會人格？」裘安娜差點沒笑出來，「威爾森，你醒醒好嗎？你有病我確定，眞的有！」

「哈哈哈哈哈！」這下辦公室裡的同事們全都忍不住了，紛紛哄堂大笑起來。

而且有人即刻拿出手機滑開威爾森的個人頁面，「靠！眞的耶！」

「你不能一直活在自己的世界中！你反社會什麼啊？自以爲這樣很屌嗎？」裘安娜直搖頭，「能不能清醒點？看看你自己是誰，掂掂自己斤兩，你連要反社會都不夠格——好了！在反社會之前，快點把我要的東西做出來！」

一聲喝令下，威爾森也趕緊打開簡報檔，準備開始作業。

「公司不許在上班時間使用個人社群，這進公司前就說過了，你可以用手機去滑你的帳號，但不許使用公司資源！我不是說都不許滑手機，但不要在那裡聊天聊個十分鐘的，想放假就遞辭呈滾回家去！」裘安娜重複申明，接著便婀娜的走回辦公室。

他們的主管裘安娜，是個人如其名的女人。

如同女明星般性感，身段婀娜，胸大腰細，光背影就讓一票男人流鼻血，三十五歲，沒有少女般的甜美，有的是成熟女人的性感啊！頭上頂著高學歷光環，是總經理的學妹，人家都說她靠著關係進來，這是事實，問題是她工作能力也很強啊！

強到在她手下工作的人個個叫苦連天！

威爾森的手擱在鍵盤上，但是沒有動作，因爲他仍舊在心裡咒罵著裘安娜，而且想像著……如何打她，掐著她的頸子壓她上床，將她綁起來，撕開她的衣服，要她臣服於他，跪在地上向他求饒……

他想過好幾種凌辱她的方式，享受她的哭喊與告饒，最後他要假裝撫摸她的臉龐，然後拿刀子切開她那張漂亮的臉，要切得又深又用力，讓她臉上留下永不可抹滅的疤痕爲止。

「你還敢發呆？」隔壁的蒂芬妮經過時撞了他的椅子，「清醒點吧你！你魂又飄到哪兒去了？」

威爾森一顫身子的回神，嫌惡般的瞪著蒂芬妮的背影，他才剛想到怎麼切開裘安娜的臉頰，這女人搗什麼亂，破壞他的想像！

同事們都把這當笑話看，有部分鴿派的不想跟著起舞，反正不跟威爾森交好，也不需要傷害他。

威爾森悄悄的拿起自己的公事包，伸手往裡頭去，這裡面有一柄長二十公分的生魚片刀……對，只是握著它，他就能覺得世界上沒有他辦不到的事，想像著用這把刀殺光辦公室裡的同事們，他嘴角露出了殘虐的笑容。

才一小時光景，這件事就在公司裡傳開了。

「變態啊！覺得反社會很帥嗎？」潔西卡在茶水間泡著熱茶，「我們剛都上去看了，寫那個是……什麼用意？」

「他覺得這樣很酷吧？反社會不就是……」另一個女孩轉了轉眼珠子，「無差別殺人？」

「那叫變態！」潔西卡有些遲疑，「但我覺得威爾森還是怪怪的，大家應該要特別留意。」

「留意什麼？無差別殺人嗎？」男同事恥笑般的笑了起來，「哈哈哈哈哈，他？他有那個種？」

蒂芬妮臉色一變，注意到威爾森就站在茶水間門口，趕緊朝男同事使眼色；一個同事意會過來的回頭，看見威爾森時嚇了一跳，趕忙扯扯同事袖子，要他小點聲。

「幹嘛啦！」艾倫不耐煩的收回手，回頭望去，瞧見威爾森倒不以爲意，「唷，反社會先生。」

威爾森拿著自己的杯子默默的走入，假裝這些人都不在一樣，洗著自己的杯子，他想喝點茶，然後準備午睡。

「喂，你不爽嗎？想不想揍我？」艾倫繼續挑釁，「我聽說反社會的人是沒有同情心的，就是喜歡殺人，什麼事都跟社會規則反著來……你呢？」

大家尷尬的要他住口，沒必要這樣招惹對方吧？

「我是。」誰都沒想到，威爾森居然眞的回應了。

「哼……哈哈哈哈……」艾倫直接走了過去，幾個人拉都拉不住，只見他來到威爾森的身邊訕笑著，「好可怕啊，所以你應該要殺了我對吧？」

威爾森洗杯子的手停了，他瞪著杯子，卻也沒看同事的臉。

對，他不只要殺了他，他還要將他開腸剖肚、再拉出他的舌頭割斷它，讓他以後再也不敢這樣跟他說話！

「喂！」艾倫不客氣的推了他一把，威爾森踉蹌向後，差點滑掉手裡的杯子。

「夠了！」蒂芬妮看不下去的上前，「威爾森又沒犯到誰，他喜歡怎麼寫就怎麼寫，你們霸凌他做什麼？」

威爾森倏地回頭，帶著怒氣的瞪向蒂芬妮，「關妳屁事！」

「嘴巴放乾淨點！」艾倫立刻指向威爾森警告，「你那什麼態度！不爽衝著我來，你罵蒂芬妮做什麼！」

威爾森也不想倒茶了，抓著杯子就想離開茶水間，但艾倫沒有要放過他的意思，逕直擋住了他。

「艾倫！」潔西卡也忍不住發難。

「不行！你們不懂這傢伙太超過，看看他的眼神……」艾倫瞪著眼前的威爾森，他的確正抬頭迎視著他們。

用一種蔑視的態度。

「你是憑什麼瞧不起我們？既然是反社會人格，證明給我們看啊！」艾倫抓起他握著馬克杯的手，擱在自己頭旁，「來，就敲下去，把我的頭敲碎，這樣才配得上你的反社會吧！」

「艾倫！」同事們緊張的尖喊出聲。

威爾森緊緊握著杯子，卻開始在發抖，他要把這顆頭敲碎，把他的腦子挖出來，再塞進他嘴裡——

但是他沒這樣做……他不敢！

下一秒，艾倫竟用力推了他向後，還羞辱般的不停打他的臉頰，「打啊，反社會先生，有本事你打啊！打啊！」

啪、啪、啪，每一記巴掌都極盡汙辱的打在威爾森臉上，但他卻低著頭，只是咬著唇，狠狠瞪著艾倫，可終究連手都沒舉起。

「你根本就是俗辣！只敢在電腦上逞凶鬥勇，什麼他媽的解離性人格？」艾倫狂笑起來，一把奪過威爾森的馬克杯，「連一點基本反抗能力都沒有，敢跟我說反社會？」

杯子還來……威爾森多想咆哮的衝上去，奪回自己的杯子，但是他卻只是低垂著頭，縮著雙肩站在原地動也不動。

「好了，夠了。」幾個男生喊停，叫艾倫不要太超過。

艾倫依舊嘲諷的笑著，把玩著威爾森的馬克杯，往他頭上輕輕一敲，「咚，哇啊啊，好可怕喔，迴音這麼大，腦殼裡是不是空的啊？嗡……」

胡鬧無上限，在場所有人都尷尬癌了，艾倫是太超過了些，狗急跳牆，萬一威爾森突然暴走就糟了。

但直到艾倫把杯子隨便扔上流理台時，威爾森依舊站在原地動也不動。

「超爛的。」其他同事忍不住說著，「就你這咖笑，狗被欺負都會反擊，你連狗都不如。」

蒂芬妮推著大家離開茶水間，這種時候留給威爾森一個人理理心緒也好；潔西卡也一邊說著艾倫太過分，但不少同事倒是無所謂，也有人認為威爾森這種人就是要讓他清醒。

他們不知道，剛剛的一切都被路過的閒人錄下，在短短午休時間半小時內，再度傳遍了整間公司。

威爾森正式成為笑柄。

過去大家覺得他有病或是邏輯怪怪的而已，影片一流出後，所有人都不客氣的直接對他冷嘲熱諷，每句話都帶著羞辱性，因為這位反社會先生，連反擊的勇氣都沒有啊！

「節制一點！」結果居然是裘安娜出來訓話，「都幾歲的人了？上班工作是為了生活，你們以為國中生啊？」

原本以為會爆發的威爾森仍舊沒有吭聲，他就是做自己的事，不與任何人交談或眼神交會……偶爾會抱著自己的公事包，不知道在做什麼。

有人覺得他在隱忍，覺得大家都是同事不要太過分，裘安娜說得也沒錯，幾歲了還中二？

但也有人覺得他就是個膽小鬼，沒用的傢伙，不知道哪來的勇氣自以為是？

詹麗菁看著朋友傳來的訊息，一肚子火竄了上來，她重重放下手機，不客氣的瞪著威爾森。

「……做什麼？」餐桌上，他自然知道她的肢體動作。

「做什麼？你要不要跟我解釋一下在公司發生什麼事了？」她強壓抑著忍耐。

賤女人就是賤女人！威爾森握著筷子的手略緊，裘安娜是老婆的閨蜜，真的是什麼事都要講耶，這些女人不講話很痛苦嗎？他眞想拔掉她的舌頭！

「沒什麼事。」他敷衍的說著。

「你到底是……要怎樣才能改？」妻子不耐煩的說著，「你不能一直做白日夢啊！」

「我哪有做什麼白日夢？」威爾森不爽了，面對妻子他總是輕易的能反擊。

妻子立即拿出手機，滑出他的個人頁面，「這什麼？反社會？解離？我跟你說過多少次了，你不要老是看那些變態恐怖片或是打電動！打到腦子都出問題了！」

「我沒有問題！有問題是他們！」威爾森用力放下筷子，「他們在針對我！妳那個好朋友裘安娜也是，我就是反社會人格，妳之前就知道了，我哪裡錯了？」

「你……」反社會個頭！詹麗菁差點就衝口而出了，她的丈夫就只是個嘴上很會說、但實際上根本完全做不到的人啊！「你做過什麼反社會的事了？我不管你是什麼……起碼工作要做好吧！裘安娜說你上班看臉書、工作不認真，有沒有這件事？」

威爾森歛了下巴，喉頭緊窒，瞪著眼前的飯。

好好的吃飯時間也不讓他消化嗎？每天他都過得這麼不痛快，好不容易下班了，連老婆也不放過他！

「裘安娜不會騙我，你工作效率極差，她說你根本都發呆神遊！」妻子直接剖白了說，「這幾天發生事情後，公司氛圍也變很差，你一樣不理人，失神的時間還更長了，一天做不完一件事！」

「做什麼事？她就交代我那幾件破事我會做不完？都簡單的要死，我只是不想做而已！」威爾森砰地擊桌而起，「都是妳叫我去她那邊上班，我整個人就矮人一截，好像我是靠妳的關係才能進去的一樣，那婊子也都用那種異樣的眼光看我！」

「你嘴巴給我放乾淨一點喔，誰是婊子？她是我朋友！」詹麗菁也火了，「你就是靠我關係進去的！這是事實！否則憑你怎麼找得到工作！半年找不到一個，每找到一個都撐不了七天，都說每個人小瞧你！說得自己多懷才不遇，那你告訴我你能做什麼？」

「我可以做更厲害的事，不是一個什麼小助理！」威爾森也大聲起來，「妳怎麼可以這麼不信任我？我是妳老公！」

「因爲你的信用已經破產了！」詹麗菁毫不客氣的直搗眞相，「你的自以爲是是建立在無能上，你會什麼？你根本什麼都不會！」

威爾森瞪大眼睛看著眼前的老婆，她怎麼可以這麼想他？她是他老婆耶！

「妳是這樣看我的？」

詹麗菁難受的蹙眉，深呼吸，「我不想說話這麼傷人，但我們都得面對現實！吳信宏，我是因爲眞的愛著你，我才能忍你，我還想繼續跟你試著走下去，否則……」

「否則什麼？」吳信宏雙拳再往桌上擊，「妳想怎樣？」

詹麗菁咬著唇，看著面前不可理喻的丈夫，她終於也站了起身。

「結婚前我無知，我是眞的覺得你才華洋溢又特別……但婚後你的藉口不停，找不到工作、不然就做不到兩天不合你意，我曾告訴自己你是眞的沒遇到伯樂。」詹麗菁咬著牙一字字的說，「我不會蠢這麼久，主因是你根本不是千里馬！你只能做基層工作，因爲你能力不足！」

「詹麗菁！」吳信宏怒不可遏的吼了。

「你吼什麼！」詹麗菁根本不怕他，「你如果像你講的這麼強，那我早就是人人稱羨的富太太了，你婚前說什麼？讓我當最幸福的女人？說白點，你現在這份工作如果不是我去拜託裘安娜，根本進不去！」

「我不稀罕，那種公司我才不屑！除了叫我做簡單的報表之外，還會什麼！更別說裘安娜根本瞧不起我！」

「但是你連這麼簡單的報表都做不好！」詹麗菁高分貝還擊，她已經受夠了處處維護丈夫那沒用又高傲的自尊了！

吳信宏推開椅子後離開餐桌，他簡直不敢相信，妻子居然是這樣看他的……

她不能這樣，她是他老婆，他必須被妻子傾慕且依賴才對！

淚水滑下臉龐，詹麗菁無力的坐了下來，這頓飯是不必吃了。

但該講還是要講，如果他們想繼續走下去，信宏必須要認清現實，幻想是不能當飯吃的！

吳信宏進入廚房，給自己倒了杯茶緩解情緒，妻子說得沒錯，結婚三年以來他的確沒有一份工作做超過一個月，那是因爲公司爛，不然就是那些同事們狗眼看人低、公司文化差劣，還有人居然叫他去跑腿！

他是什麼人？竟敢叫他去當跑腿的！

他是能大有作爲的人，沒人比他更瞭解他自己……只要給他機會。

喝著水，他眼尾瞥到了刀架，上頭那銀晃晃的刀一直是他最愛，他總是想像著刀子刺穿人體內的感覺，阻力會有多大？血是溫熱的嗎？被刀子捅進身體的人，臉部會如何的扭曲？

他多希望殺掉每個瞧不起他的人，看著他們痛苦的表情，而且一定要面對面的刺殺，要他們眼睜睜看著是他、吳信宏、威爾森殺了他們！

他要欣賞他們的痛楚，還有眼底那瞬間的後悔，後悔嘲笑他、愚弄他，瞧不起他！

外頭的碗盤聲讓他回神，他這才趕緊走出廚房，看著在收拾的妻子，她也吃不下了，將菜封好，疊好碗準備洗碗。

「我來吧。」他突然放軟聲音。

「不必！」端著碗盤的詹麗菁轉身，他卻上前握住了她的手。

「我來。」溫柔但堅定的接過了她手裡的碗盤。

詹麗菁看著他，淚水又不受控制的滑下，她的丈夫不如他自以爲的好，但對她卻始終如一；站在廚房門口看著他的背影，吳信宏對她一直很體貼，在家裡也從不大男人，總是分擔家務。

但就是……有些妄想過度了。

「信宏，」她緩步走進廚房，「我覺得……」

「投資我好嗎？」吳信宏打斷了她的話，「我之前提過的，我想開間店。」

正準備由後環抱住他的妻子止了步，她看著那個她多想依賴的背影，卻沒來由的興起極大的厭惡。

「你做夢！」她毫不留情的打碎他的夢，「投資你我還不如拿錢去送給別人，還能有些幫助！」

他連開店的想法都是好高騖遠，不會爬就想飛，而且就他的經商概念與想法，根本幼稚天真到無可救藥！給他錢就是肉包子打狗，有去無回！

「麗菁？」被狠心拒絕的吳信宏不可思議，妻子會這麼說話，「妳不信？」

「不信，鬼才信！」她轉身就走出廚房，「你根本沒有生意頭腦，做生意不是用想像的就可以賺錢的好嗎？」

「妳連機會都不給我，妳真的不信我可以——」

「除非你年底前升上主管。」詹麗菁撂了話，「至少要用實力證明你的能力，給我看看你的能耐，你總是要有表現才能讓我有信心！」

「我爲什麼要……在那種公司忍耐？」吳信宏咬牙切齒的問著，但妻子卻是頭也不回的消失在廚房門口，「好！好——我就做給妳看！」

咦？詹麗菁停下腳步，難掩內心的欣喜，回首看著追出來的老公。

「你說的？」她放柔了聲調。

「妳說得對，我總得表現，否則妳也很難對妳爸媽交代吧！」吳信宏目光如炬，炯炯有神，「我只要認眞，就沒有做不到的事，妳等著吧！」

『我眞的沒辦法再保他了！』

車上，詹麗菁回撥了打了三通電話來的好友，裘安娜劈頭就是這麼一句。

『我也只是這間公司的員工，我需要有用的人，不能要扯後腿的冗員。』裘安娜語重心長的對她說，『麗菁，我覺得威爾森需要去看醫生。』

「哼……哼，眞的帶他去看醫生，他會得意張狂的，老是說自己是反社會的人，不是間接讓醫生鑑定了！」

『總之就是帶去看，我覺得他不像是反社會，是他有妄想症或其他精神疾病。』裘安娜倒是很嚴肅，『而且妳不知道公司裡的人是怎麼羞辱他，艾倫當眾叫他軟飯男他都能無動於衷，這種壓抑反而讓我覺得很可怕。』

詹麗菁厭煩的皺眉，後腦杓往椅子頭枕上敲了幾敲，「我知道了，謝謝妳……抱歉！」

『別這麼說，我盡量了，但眞保不下。』

掛上電話，詹麗菁看著方向盤，他壓力大，她壓力就不大嗎？再度失業，之前還信誓旦旦說能做給她看，升官？在事業上有好表現，讓她刮目相看？

才一個月不到又失業了！再這樣下去，她就真的要養他一輩子……養他也就算了，這麼沒用又會捅漏子的人，她怎麼能忍！

「啊啊啊啊啊——」詹麗菁一個人在車裡發狂的胡亂揮舞，發洩般的尖叫著。

她太累了！一再地以頭敲著頭枕，她眞的累了……

叩叩。吳信宏敲了車窗，詹麗菁幽幽的轉過頭看著車外的身影，她現在有一股鎖門、立刻開車離去的衝動，她實在不想看見他。

但她終究還是開了門。

「等很久嗎？」吳信宏說著，口吻再平常不過。

「還好。」

「走吧，晚上吃什麼？」他扣上安全帶，瞧不見一絲沮喪或失落。

詹麗菁看著他，這傢伙一點都不像被開除的模樣，冷笑一挑，她也發動引擎往前駛去；丈夫照常滑著手機，突然說想吃燒肉，她敷衍的應了聲，看著他設定導航。

「你有事要告訴我嗎？」她問。

「需要嗎？那婊子一定什麼都告訴妳了吧！」吳信宏冷冷笑著，「我先說，我忍他們很久了，是我不幹，不是他們辭退我。」

該死！連遣散費都沒拿到！

「哼，哼哼哼……」詹麗菁無力的笑了起來，「哈哈哈哈……哈哈哈，你不幹，對！你不幹！」

「本來就是！那間公司每一個都是混帳，要是妳的話，根本不可能在那邊待超過一天！」丈夫說得義正詞嚴。

「對，他們都瞧不起你、都霸凌你、欺負你，還對你百般羞辱——」詹麗菁怒吼著，「怎麼不說說你的問題？大家無緣無故爲什麼誰都不攻擊、偏偏攻擊你？」

「他們嫉妒我！」

軋——詹麗菁緊急煞車，方向盤一打朝右靠了邊。

她怒極攻心的轉頭瞪著死不認錯的男人，實在是忍無可忍。

「你有病你知道嗎？誰會嫉妒你？他們是看不慣你這種目中無人的態度，因爲你只活在你的想像中，你以爲自己很厲害，事實上卻是個無能的廢物！」詹麗菁一股腦兒的全說了，「爲什麼不先檢討你自己？」

吳信宏瞪大了眼，簡直不敢相信，「妳……說誰有病？」

「你，你有病！我們要找時間去掛號的。」詹麗菁搖了搖頭，「對，你腦子有問題，你絕對有你夢寐以求的精神病。」

「閉嘴！我是反社會、我是聰明的解離性人格、我是天才，妳懂嗎？」吳信宏不爽的怒吼起來，「妳剛剛竟敢說我是瘋子！」

「天才？」詹麗菁嘲諷般的笑出聲，不客氣的直扳過他下巴，「照照鏡子，吳信宏！你要眞的是天才，事情就不會走到這一步，你會是個光鮮亮麗、能力卜等的主管，然後在背地裡搞死人都沒人知道，而不是這種一事無成的廢渣！」

「我不是廢渣！我也不是瘋子！」對吳信宏而言，說他是瘋子比說他一事無成更加屈辱，「他們可以小瞧我，但妳不可以！」

天哪！詹麗菁無力的雙手掩面，她眞的不想再爲這種事吵下去了，不管大家說了幾百遍，吳信宏始終認爲自己是那個無敵的天才。

「你會什麼？」她無力的看向他，「你連反社會人格都做不好啊，吳信宏！」

「什麼？」吳信宏緊握著雙拳。

「你反什麼了？你解離什麼了？犯罪天才？」詹麗菁驀地尖叫起來，「你反給我看啊！你連同事羞辱你都不敢還擊，懦夫！孬種！」

反什麼社會啊！

懦夫還敢說自己反社會，笑話，笑話！

門突然開了，詹麗菁措手不及的向右看去，只見丈夫冷不防的下了車，她來不及問也沒攔，或許彼此冷靜一點都好。

大燈向前照耀著，右前方有台機車，穿橘色外套的騎士正坐在上頭未曾熄火，她看著吳信宏筆直的往前走去，他的手上握著……握著——詹麗菁突然嚇坐直了身子！

那是一把刀子！

吳信宏毫不猶豫的走到騎士身後，刀子由騎士背後狠狠的刺入！

「哇——」男騎士嚇得轉頭，他根本不知道有人在他身後，刺痛感旋即襲來，他什麼都來不及反應！

白刀子進，紅刀子出。

吳信宏終於感受到那種刀尖穿過人體組織的感覺了，這柄生魚片刀眞的買對了，好鋒利啊！

抽出刀子時，他可以感受到血液跟著組織與內臟都一起被帶出來了，他這瞬間覺得怒意全消，看著倒地的騎士，他正狂喜的望著自己沾血的手。

然後回頭看向車裡的妻子，炫耀般的揚起了自己的紅色刀子。

他是反社會人格，看見了嗎？他是呢！

無差別殺人在社會上引發了轟動，畢竟吳信宏殺的是無冤無仇、甚至未曾謀面的路人，只是一個等待家人下班的陌生人而已；而吳信宏在自己個人頁面上的「反社會人格」與「解離性人格」字眼，似乎成了他最佳的護身符！

警方也的確朝精神病的方向偵辦，在警局裡時，吳信宏一五一十的交代他是跟妻子吵架後不爽，剛好那個男的在前面，所以他就捅了他；不需要什麼深仇大恨，他笑著對警察說：我是解離性人格啊！

但被捕後他表現良好，極度配合，家境優渥，因爲無逃亡串供之虞，最終給予交保；詹麗菁道義上總算是把他保出來了，被羈押的日子裡她承受著莫大壓力，但接到吳信宏出來後，一路上她卻沒有任何抱怨，但也未曾說過隻字片語。

反而是吳信宏，出來就表達了思念之情，還開始細數自己的「豐功偉業」，詹麗菁忍到捷運站後突然下車，吳信宏愣了兩秒後，趕忙追上。

「妳看到了吧？我真的做到了！」吳信宏還在得意洋洋，他急需妻子的肯定，「我就說我是反社會人格了！妳不是想看嗎？我在妳面前實現了啊！」

詹麗菁終於停下腳步，回首凝視著他，她真的覺得自己當初鬼迷心竅，怎麼會去愛上這樣的人？她冷笑搖首，用冰冷的眼神看著這個男人。

「你反什麼了？你給誰教訓了？霸凌你的艾倫？那些瞧不起你的同事？蒂芬妮或潔西卡的嘲弄呢？噢，甚至狗眼看人低的裘安娜？」詹麗菁說出那些真的羞辱他的人，「吳信宏，你最後殺的是一個陌生人，而且還沒膽子從正面殺他，是從背後偷襲——到最後你連殺人的表現都是沒用的孬種！」

詹麗菁突然回到駕駛座，以迅雷不及掩耳的速度坐了進去！

「……閉嘴！不許妳這麼說我！」吳信宏氣急敗壞的追上前，伸手扣動車門，卻發現她上了鎖，「詹麗菁！開門！」

他使勁的拍著車窗，但詹麗菁絲毫不想理睬他，連殺人都不敢對欺侮他的人下手，這種人她連理都懶得理！保他出來是盡最後的道義，接下來就是訴請離婚了吧！

「詹麗菁！」追不上汽車，吳信宏在咆哮與忿怒中嘶吼著，「可惡……瞧不起我！我都已經殺人了，還敢這樣看我……」

殺掉艾倫嗎？還是公司裡那些同事？他又想到那部同事相殘的電影，如果可以的話，他很想當那個殺掉全辦公室的人！而且不只是辦公室，他還要殺了岳父岳母，那些打從心底看不起他的嘴臉，他該一個個挖出他們的眼睛！

喔，還有鄰居，總是話中有話的問著他在哪裡工作，後面沒說的話大概就是笑他，是個靠老婆吃軟飯的傢伙吧！

吳信宏找到共用機車騎乘，腦子裡滿滿的都是暢快淋漓的復仇畫面，想著怎麼殺人的順序，或許該先去找裘安娜，他走到今天這一步，都跟那女人離不開關係……但是，吳信宏的方向卻是往家裡騎去。

沒事的，他是要回去準備另一把刀，他的刀子被警察收走了，他必須再準備一把，不然怎麼去殺他們呢？

都已經殺一個了，他有病的，殺再多個都不會有事的對吧？

叭——一陣喇叭聲嚇得他顫跳，慌張的左顧右盼，發現自己失神的騎在中線，趕緊乖乖的騎到外側車道去。

……噢對，他剛剛想到哪裡？他是希望可以回家，再拿另一把刀去一一解決所有羞辱過他的人。

絕對不是因爲，他根本不敢面對那些人。

『歡迎搭乘制裁列車。』

咦？吳信宏嚇了一跳，他看著眼前的機車，居然有收音機還是什麼擴音器嗎？認眞的張望著，只看見原本彩色霓虹的儀表板，此時此刻變成了全紅。

「呃……是什麼……」他騰出右手想要敲敲看儀表板，卻突然發現他的手動彈不得！「等等……咦？這是怎樣？」

他試圖放開握著龍頭的手，但就像被黏住一般，怎麼樣都張不開手！

『本列車將對您懦弱的濫殺進行制裁，本單位已進行詳細調查，做到勿枉勿縱。』陌生女人冰冷且制式的聲音傳來，吳信宏才發現聲音是從藍芽耳機傳來的！

他的手機？他手機在口袋裡，怎麼會有這種聲音？

「放開……放開啊！」他開始慌張試圖靠邊停，伸長手指壓下煞車，但機車竟完全沒有煞車作用，「咦——」

更可怕的是，他的手自動加了速，龍頭甚至也脫離了他的控制範圍，自動的打起右轉燈，並向右轉去！

「哇啊啊！」吳信宏試圖跳車，他咬了牙，心一橫看著右邊的人行道就要搞自摔，三、二、一——咦？

他的身體被緊緊箍住了，吳信宏感受到一雙手臂由後向前環住了他，那力道大得驚人，不僅勒住了他的身體，還把他往椅墊上壓，叫他完全無法移動……問題是，他身後怎麼可能有載人？

低首看去，圈著他的手上……染滿了鮮血。

「救命——救命啊！」吳信宏終於扯開嗓子大喊，但是奇怪的是，爲什麼他現在行駛的這條路上都沒有機車？

漆黑的道路上全是卡車或是汽車，這讓他的嘶吼毫無用武之地，根本沒有人聽得見他的聲音……身後那莫名的「人」將手罩在他的右手上，時速不停的往上，飆升。

『歡迎搭乘制裁列車，制裁即將開始。』耳畔裡繼續傳來那令人錯愕的女聲。

「制裁什麼……爲什麼是我！爲什麼是我——」吳信宏瘋狂的吼著，「應該是去制裁那些人，艾倫、蒂芬妮……裘安娜！那些看不起我的——」

軋——他的手不聽使喚，在高速進行中壓下了煞車。

後輪瞬間翹起，此時的他竟全身都能動彈，剎地飛離了自己的機車，往前衝去……他甚至不知道自己在空中翻了幾圈，只看見自己飛向了前方那台高度應是卡車的車子裡！

剎——剎剎——

定神下來時，吳信宏可以看見路上緊急煞車的車子們，還有遠處那台倒地又被碾過的共享機車，應該是他的……車……

「噗！」他吐出了一大口鮮血，劇痛感此時緩緩襲來。

附近的車子飛快駛來，狂按喇叭，希望這台卡車可以靠邊停下，因爲他的後車斗上，卡著一個人啊！

不，是插著一個人。

吳信宏低頭看著自己的身體，這是台載滿鐵條的貨車，而現在的他就好端端的插在這些鐵條裡，面對著車後的馬路……每一根鐵條都是由背後往前刺穿他的身體的，原本漆黑中他什麼都見不到，但是現在眾多車子大燈照耀，他都能見到那一根根穿出他身體的鐵條上，正滴落著血紅的鮮血。

是……是了，速度快到來不及感受到鐵條刺穿身體的阻力，但是他完全可以感受到痛楚啊！

貨車停了下來，一陣煞車顫動了車子又牽動了痛覺，吳信宏卻連叫都叫不出聲。

「啊啊！怎麼會這樣！」司機跑到後方一看，當即嚇得魂飛魄散。

「快點報警啊！」其他熱心的車主們也紛紛下來查看，「先生！你撐著點喔！」

吳信宏插在眾多鐵條上，看著眼前刺眼的車燈與人群，有個穿著橘色外套的男人，他的前胸有一大塊血跡，那個男人看上去是半透明的，甚至有個人穿過他的身體朝他奔過來了。

這外套顏色……跟他那天捅死的男人好像……

吳信宏此時笑了起來，呵……呵呵，也跟剛剛扣著他的那雙手臂一樣耶……說穿了，他根本不知道那個被他捅死的男人是誰，他們素不相識，他只是袁小停在那邊等人而已。

好奇怪，吳信宏看著那個半透明的男人，他發現他能直視那男人的雙眼。

「我敢……」他逕自得意的笑了起來，血不停的湧出嘴角，「我敢了耶……呵呵，我敢……」

他敢看著那個人的雙眼耶……哈哈哈……

『謝謝您搭乘制裁列車，本列車已制裁完畢。』

違停

大壯汗流浹背的將貨一箱箱卸下，再推著拖車往外走去，準備卸下一批貨，他開的大卡車就停在路邊，後車斗爲升降模式，他把推車擱在板子上，操作機器往上升，再推車入車內裝好貨後，降鐵板下車、再推進廠內卸貨。

在體感四十度的高溫天氣，每天都熱得他快抓狂，站在板子上等鐵板降下，正拿肩上毛巾擦汗時，不經意往外一瞥，卻看見了馬路對面有個人，明目張膽的拿著手機對他拍。

這種狀況拍照還能爲了什麼？大壯理智線幾乎一秒斷裂。

「幹什麼你！喂——你是在拍三小！」大壯不等板子降到地面，隻身跳下去指著對方破口大罵，「你這什麼爛檢舉魔人！」

對方一時被大壯的氣勢嚇到，不過還是鼓起勇氣的面對。

錯的又不是他！

「你違停耶，紅線！」他指著地面上的線喊著，「還停在轉彎處！」

「我礙到你了嗎？嗄？我停在這邊礙到你了嗎？」大壯穿越馬路過去，粗壯的手掄起拳頭，一副要揍人的樣子。

路人紛紛張望，但沒人出聲，因爲這裡有車的都厭惡所謂的檢舉達人，最好那傢伙都沒違過規啦，有時就停一下是會怎樣喔？不能行個方便？打下去！一堆路人潛意識亮著一雙眼，最好打下去，打到這種人再也不敢到處檢舉！

「你敢揍試試看喔，我都有在錄喔！」阿賢手裡還舉著手機對著大壯，「違停還敢大聲，臉皮也太厚了吧？」

「我礙到你了嗎？嗄？」大壯鬼打牆似的吼著，「就說我到底哪裡礙到你了？」

「你礙到很多人好嗎！紅線是什麼你不知道嗎？駕照雞腿換的嗎？轉角紅線又違停卸貨，還敢這麼大聲？」阿賢說得理直氣壯，「不要在那邊跟我說停一下又怎樣，紅線的法規是一秒都不行！」

「厲害喔！這麼厲害，最好你這輩子沒違規過啦！」大壯氣不打一處來。

「有！我有啊，但我只要被抓被檢舉我就乖乖繳罰金，不會在這邊大小聲。」阿賢憂心的蹙起眉，「有沒有錯，就交給法規，你不必在這邊跟我大小聲！」

大壯聞言是怒從中來，當司機已經夠累夠嗆了，一天沒賺多少錢，現在還要被這種混帳拍照檢舉！罰單下來又是幾千塊，那今天做的工不就白費了嗎？這種變態到處拍照檢舉，還敢這麼大言不慚，到底是誰有跟他過不去，要這樣害人？

完全不想隱忍，大壯一把揪過阿賢的衣領，二話不說就揍了下去！

「哇——」阿賢臉上紮實的挨了一拳，還沒反應過來，就是第二拳、第三拳，拳拳落下，「殺人！殺人了——」

「叫你檢舉！叫你檢舉！檢舉對你有什麼好處！是不能給個方便嗎！我停那邊到底哪裡礙到你了，非得找我麻煩！」大壯發狂的一拳一拳往死裡揍，「社會上就是有你們這種人，讓社會變得現實敗壞啦！人情味都沒了！」

阿賢身材瘦小，根本不敵大壯的體格與力氣，從一開始就是被壓在地上打的份，附近幾個人覺得教訓也夠了，這才開始動身往前勸阻，給個警告可以，但別鬧出人命啊！

「好了！先生，好了啦！」路人們紛紛趕到，拉住大壯的手，「你等等把他打死了，事情就更糟了！」

「對啊，再打下去會出人命的！」另一撥人抓到空隙趕緊把阿賢往後拉。

阿賢被打得頭破血流，鼻血也涔涔流下，眼鏡被打爆，頭暈目眩得連站都站不起來。

大壯怒氣未消，他瞪著滿臉是血的阿賢，眼神瞄到了他掉在地上的手機，上前就拾起。

「這麼愛拍？這麼愛檢舉？你這種人就是心理變態啦！」大壯狠狠的把阿賢的手機朝地上使勁摔去！

智慧型手機向來脆弱，玻璃鏡面瞬間迸裂炸開，直接宣告陣亡。

大壯指向阿賢，態度完全是威脅加警告，站不起來的阿賢依舊坐在地上，也忿忿的瞪著他。

「你指我沒有用！你違規是事實！」阿賢喊到一半，就吃疼得皺起眉，他嘴內都被打破皮了。

「你少講兩句，是想被打死喔？」路人勸和著，「好了好了！散了！散了！」

一群人在那邊揮揮手，幾個人推著大壯穿越馬路，叫他快回到他的車邊去工作，阿賢這頭婉拒了大家的攙扶，他自己能站起。

「是很不想同情你啦，但想到我之前繳一堆，是不是就你拍的？」有人不爽的說，「雖然我違規在先啦，但就是不爽啦！」

阿賢沒應聲，一拐一拐的往馬路中間去，看好左右來車後，將碎裂的手機拾起，螢幕的色彩胡亂跳動，這送修也枉然。

「這告訴我們在社會上走，人情要有啦！出來混總是要還的啦！人家停個車你會少塊肉嗎？」有騎士剛牽車出來，忍不住嘲諷兩句，「不是什麼事都能用法律解決啦！」

阿賢倏地回頭，不安的看見了騎士，「所以呢？枉法就是正常的嗎？什麼都隨便，那法律設來幹嘛的？」

「人情你懂不懂？像我停下來買包菸，就一分鐘，搞不好三十秒咧，你在那邊靠夭什麼！」騎士不爽的罵了。

「你知道車禍發生只要一秒嗎？」阿賢不甘示弱，回頭走向騎士，「因為違停造成的車禍，就只要一秒，你三十秒就已經三十起了！」

「我聽你在放屁，車禍是有這麼多喔？是不會騎車嗎？看到我車停在那邊還要撞上來怪誰？」騎士不屑的打量著他，「就你這種咖笑，被打活該啦！」

阿賢亦冷冷笑著，用手抹了抹血，一拐一拐的往就近的便利商店走去。

「活該！」後面有人訕笑著，「看他以後還敢不敢檢舉！」

「你們不要違規就好了。」阿賢輕鬆的回應，「不要違規，我就不會檢舉。」

因果倒置，還敢這麼理直氣壯，枉法貪便就是大家所謂的「人情」嗎？那麼，當因爲人情而出了人命時，到底是人情重要？還是法治重要？或是一條命重要？

大壯回到卡車邊，老闆也跑出來看，他對於這種鬧事狀況有點爲難，因爲司機是在他廠前卸貨的違停才引發糾紛，而低調行事的他們，根本不希望把事情鬧成這樣。

「你這脾氣……」老闆跟著走進去，「這樣打人就不對啊！」

「我就氣啊，那種檢舉魔人拍什麼照？檢舉他又沒錢拿！」大壯不爽的撇下貨，這老闆竟還不挺他？「他沒得賺，我們卻要罰錢，這種損人不利己的事只有心理變態才會幹！」

「但他說得沒錯，你就違規啊！」老闆也不想袒護，「前頭一點就可以停，你再在那邊卸貨、推過來就好了……」

「那有多麻煩啊！我這樣來來回回要多少時間？頭家，你要做的是，能不能申請這前頭黃線啦！」大壯把箱子重重放到地上時，這才感到手疼。

右手指節都泛了紅，原來打人自己也是會痛的。

「我這邊就轉角啊，哪無口零！所以前面可以停啦！」老闆搖搖頭，「你這樣不好，你下次停要是他再拍，你光罰金就付不完了！」

「他敢？他再拍我就再打！」大壯橫眉豎目的回身，還狠瞪了老闆一眼，推著拖車往門口去。

只是還沒到門口，就見到藍色的閃爍燈光，一台警車停了下來，就在他大車後方。

幹！大壯真的很想譙那檢舉達人的祖宗八代，他居然報警？

警察的身影出現在商家門口，後頭跟著走來一瘸一拐的阿賢，他指向走出來的大壯，渾身狼狽模樣，警方不必問都知道他被揍了。

「他說你打他喔？」警察遠遠的手壓在配槍上問著，這傢伙看起來人高馬大的。

大壯狠狠的瞪著阿賢，他發誓，他跟這檢舉魔人沒完沒了！

小柳牽著孩子進警局時，盛怒凌駕於慌張，忙得要命還捅這種漏子，她是渾

身怒火的出現在大壯面前。

「打人？你這麼行？這麼行就不能好好工作嗎？有精力去打人？」

都還沒出警局，小柳沒給半分面子，在大家面前對著大壯就是一通斥罵！

「太太，天氣熱嘛，也是一時氣忿，人難免有情緒，下次不要這樣就好了。」

警察還得當和事佬，「好好回去，休息休息，下次不要再違停了！」

「還下次？今天工作沒完成，我還得幫你打電話給老闆找人接手，再趕回去接孩子，再帶孩子過來，還要付錢把你保出來！」小柳眞的是越說越氣，「然後呢？後面還要走和解！兩萬元耶！」

大壯緊擰著眉，老婆說得一句都沒錯，他動手打人就是錯了，於法於理都理虧，別說目擊者這麼多，所有監視器都能拍到是他單方面打人，那魔人也去驗傷，醫藥費跟後續影響他工作的費用全部都要他出，他一毛都不讓。

然後，未來還有紅線的罰單，幹！幹幹幹！

接著阿賢也走了出來，他只有一個人，傷口已經過清洗包紮了，大壯狠狠的瞪著他，他沒想到魔人果然厲害，手機摔壞了都沒在怕，原來他背包上有台運動相機，從頭錄到尾！

「幹什麼幹什麼！還想揍人嗎？」警察一眼就看出他的怒火，「你有錯在先，你違停嘛，我說轉角違停這麼大的車眞的很危險，你就是錯，這件事吳先生是沒有錯的——但是……」

警方轉向阿賢，欲言又止，想著該怎麼說比較和緩。

「不違規我就不會檢舉，你們也不會受理不是嗎？」阿賢逕自接口，「我自己很清楚我在做什麼事。」

還敢講？大壯暗暗握緊飽拳，他眞的眞的跟這魔人槓上了！

小柳牽著孩子下了階梯，突然把孩子塞給了大壯，回頭走向後方的阿賢。

「你是怎樣？不拍照會死嗎？」她不客氣的指著阿賢，在距離他面前大概三十公分處停下。

上方的警察正在密切關注。

阿賢迎視著小柳，有種果然是夫妻的感嘆，「妳爲什麼不問妳老公，不違停會死嗎？」

「他是在工作！那是在卸貨，不然沒地方停啊！」小柳高分貝的尖叫著，「不是，這跟你都沒有關係，也沒妨礙到你，到底是爲什麼要這樣找人麻煩？」

「因為等到妨礙到就來不及了！」阿賢驀地大聲吼著，「有人因此受傷的話，你們賠一輩子都賠不起！」

「我聽你在掄肖話，是在詛咒我們還怎樣……就只是停個車！」小柳破口大罵，指著眼前的街景，「這是因為這裡是警局啦，要是其他地方，誰不是這樣停！有些地方連紅綠燈都是參考用的，在那邊跟我說法規？我去你媽的法規啦！人才是最大的懂嗎！」

「妳是說你們最大？還是可能被撞到的人最大？」阿賢竟冷冷的反問。

「哇咧幹您娘咧！開口閉口就是車禍跟撞人，狗嘴裡吐不出象牙！」小柳氣急敗壞，「你們這種人太閒、過得又太好，就要擋別人生路，看別人這樣破財你很高興嗎？」

阿賢別開了眼神，他覺得這根本無法溝通。

每個被檢舉拍下的人都一樣，其實潛意識都覺得自己是最大的，停一下會怎樣？這麼沒有人情味，害別人罰款很高興嗎？變態、該死。

但沒有一個人會檢討自己，反問為什麼自己要違規。

圖方便嘛！可以，那是不是自己也該承受違規的結果？不是扭曲成「你不檢舉、我就沒錯」的概念。

曾幾何時，我們的教育變成有錯不認，還強詞奪理了？

阿賢同意和解，開口要了兩萬塊是希望給對方一個教訓，錢花得多才會痛；約好時間地點，一手交錢一手簽和解書，不願意他也可以走提告，他有的是時間。

這也正是讓小柳惱怒的原因，事情要是不速戰速決，大壯還要不要工作啊！阿賢越過他們，依舊瘸著腳離開，大壯看著那瘦小的背影，內心後悔不已，早知道應該要把他腿打斷的。

「你也是！揍人？你要花多少時間跟錢去處理這件事？」小柳走回來，拉過了孩子，「倒不如一開始就認分繳那張罰單！還不必多那兩萬元！」

「我就是不想繳啊，妳看我只是停下來卸貨完就走，如果他沒拍，我根本不需要繳罰單對不對？」大壯氣的就是這點，「他就偏偏要挑事，要找我麻煩，這我怎麼可能能接受！」

「廢話這麼多，現在要想的是接下來要怎麼辦？」小柳氣到胃疼，「你搞這種鳥事，後面還要拖多久？」

「我會處理的！」大壯雙拳緊握，「放心好了！」

「哼？你？我放心？」小柳只能冷笑，牽著孩子往前走，「小蘋，走到媽媽另一邊來比較安全……來，我們回家！」

「媽媽，我想吃雞塊！」孩子用稚嫩的聲音要求著，因爲對面就有一間速食店。

「不行，爸爸不乖惹麻煩，家裡現在沒錢了！」小柳不客氣的直接告訴孩子，這兩萬下去，他們連房租都要成問題了好嗎！

還雞塊咧！

女孩哀怨的回頭看向父親，大壯臉上陣青陣白，難爲情的上前，「不要在孩子面前說這些啦，走，我的蘋果，爸爸帶妳去吃雞塊！」

孩子立馬手一鬆，往後奔向父親的懷抱，「耶！雞塊！」

大壯輕輕鬆鬆的抱起孩子，小柳臉色難看的瞪著他，現在是享樂的時刻嗎？但看著孩子這麼開心，她也不捨得壞了孩子的心情。

只是隱忍著內心的不滿，看向遠去的阿賢身影。

她眞的覺得檢舉達人，全是變態！

大壯把這件事放上了網路。

雖然他打人有錯，他也承認願意受到處分，最後拿出了阿賢要求的金錢，達成了和解，但達成和解後，大壯就展開了報復行動。

不是只有阿賢會偷拍，他也會！和解完後他跟蹤阿賢回家，他再拍下他的容貌、他出沒的地方，連他的車牌號碼全部一一記錄。

他甚至還花時間跟蹤阿賢，當他拍攝其他違規車輛時，即時把照片發上當地社團的社群網頁，沒有一分鐘就有人出現立刻警告阿賢，大家當街吵了起來，阿賢又好幾次差點被揍。

雖然大壯違停有錯，但世人更痛恨的是檢舉達人，大家就算心底都知道自己有錯在先，但就是「關你屁事」，以及痛恨這個「害他們賠錢的人」。

就像殺人一樣，死的是別人，關自己什麼事？只要毀屍滅跡得乾淨，有人還不是可以一輩子不被抓到！否則那麼多懸案怎麼來的？

何況他們只是違停而已，又不是什麼殺人放火的大事，不講就無人知曉了不是嗎？

可偏偏有個人硬要檢舉、硬要讓大家破財，自己又沒得到好處，唯一的好處就是幸災樂禍吧！這種人一定心理變態啊，所以大壯要阿賢夜不能寐、食不下嚥！

網路消息一出，他都不必自己動手，網軍就出草了。

這天，他下班後開著自己的車子，來到了阿賢家附近，正好看見他從超市走回家，他住的地方是巷弄間，不算熱鬧，而附近有段紅線上停了機車，阿賢果然爛性不改，拿起手機就又要拍攝。

結果才剛拍下，冷不防的從暗處衝出了一伙人，直接撲倒阿賢，搶過他的手機，二話不說朝他肚子就是一擊！

坐在車裡的大壯也嚇了一跳。

「幹！就你！」對方睨著阿賢，「偷拍是嗎？檢舉是吧？隨便停一輛車就可以誘你出來，也太容易了吧！」

阿賢抱著肚子蹲下身，痛得一時說不出話。

那群人有五六個，每個都戴著頭套與手套，手持鋁棒，看來是有備而來！

「來！這麼喜歡拍照，總是在拍別人多不好！」爲首男拿起阿賢的手機，開始滑動查看。

因爲阿賢剛剛才拍攝違停，所以相機現在處於解鎖狀態，這讓爲首男用起來十分順手，他直接滑開阿賢的社群帳號，用他的本尊帳號開啓直播，要播放給所有人看！

開直播前還先打字：「我就是檢舉達人，我最愛檢舉你們，你們的痛苦就是我的快樂啦！」

同伙四個人，兩人架起了阿賢，阿賢的掙扎在他們眼裡根本像是蒼蠅在扭動而已，毫無作用。

大壯有點愣住了，因爲他……好像認識那個爲首男……啊這是他樓下鄰居、他兄弟啊！他們不但是鄰居、還在同一間貨運公司工作，當初就是他介紹他去送貨的！

爲什麼他會跑來堵阿賢，該不會是爲他出氣吧？大壯感動的擊了方向盤一下，這也太仗義了吧！

「來來，大家現在照過來，這位就是赫赫有名的檢舉達人喔！達人先生，自我介紹一下嘛！」爲首男勾勾手指，他的同夥立即抽出阿賢的錢包，直接取出他的身分證，大喇喇的在鏡頭下拍攝。

「這位是吳昆賢先生啊，大家看清楚了，喔喔，還有張工作證，原來他在新矽谷電子公司工作。」爲首男毫不客氣的把他的工作證也拿出來，被迫跪在地上的阿賢大吼大叫，卻只是被黑衣人從後面巴頭，「他是在這一帶最有名的人，大家如果收到莫名其妙的罰單，一定就是他的傑作！」

說著，爲首男把證件往地上一丟，從口袋拿出了麥克筆。

「達人，笑一個吧，你上直播了耶！」爲首男把筆遞給另一個人，「這麼喜歡拍別人，也讓你嘗嘗被拍的滋味，來——」

「你們這樣是犯法的！」阿賢蹲在地上狂吼。

附近有人嗎？當然有，但是沒有人敢出聲阻止，這場面看起來多可怕，一群凶神惡煞，人人都還拿著鋁棒，誰敢啊！

只見其中一人拿起麥克筆，直接扣住阿賢的頭，開始在他額上寫起字來。

「來來，正字標記！」爲首男將鏡頭移近，收看人數激增，連在車上的大壯都已經看見直播。

鏡頭裡拍著黑衣人用麥克筆在阿賢額上寫下「檢舉達人」四個字。

接著還不放過的在他左右臉頰各寫上「去死」兩個大字。

寫字者退開，好讓爲首男徹底拍清楚阿賢的模樣。

「帥啊！你看看，不如就這樣寫在臉上啊，以後大家看見你就不敢違規了，你就不必忙著拍照了是不是？」爲首男上前，羞辱般的拍拍阿賢的臉頰，「大家都是辛苦出來賺錢的，爲什麼要爲難他人呢？」

阿賢咬牙切齒，仍不畏懼的向上瞪著爲首男。

「既然辛苦賺錢，那爲什麼要違規？路權是大眾的，不是你們的！一時違規可能造成終生遺憾你們懂嗎？」

「我懂你個叭哺啦！」爲首男怒斥，「不只檢舉達人還正義魔人是吧！這麼厲害幹嘛不去當警察！當什麼工程師？」

「被開車門弄死的騎士，駕駛也可以說他只是要下車而已啊，只是開個車門而已，礙到誰了！」阿賢繼續說他的，「但那是一條人命好嗎？」

「現在是有誰死了嗎？嗄？誰死了？」爲首男跟著對嗆，「我現在機車就停紅線，哪個死了給我站出來！」

「等死了就來不及了——」阿賢突然暴怒的大吼。

爲首男將直播關閉，由高處鬆手再讓手機落下，阿賢看著地上的手機，畫面裡是自己社群帳號的直播，只感到怒不可遏。

啪！爲首男不客氣的打上阿賢一巴掌，力道大到他整個人倒下，但爲首男立即又箝拽他的下巴，扳了過來。

「你給我聽清楚，你再敢給我拍照檢舉——下次這些字我就用刺的，刺在你臉上。」爲首男警告的說著，「幫你做免費終生招牌！」

接著阿賢身後一記悶棍打下，黑衣人吆喝著離去，爲首男跨上那台違停機車，揚長而去。

大壯不敢現在發車，他怕引起阿賢的注意，躲在暗處的他，必須僞裝成只是停在附近的路人車子而已。

遲緩的阿賢撫著頭，吃力痛苦的站起身，抓過又被摔掉的新手機，踉蹌的靠著一旁的其他車子站穩，快速滑動手機，大壯猜想他想趕緊把直播刪掉。

但太晚了！網路世界凡走過必留下痕跡，就算他刪掉個人帳號，也勢必有人已經備份。

接著，阿賢並沒有報警，而是狼狽緩速的走回家，附近的人都看著，倒沒什麼人上前，只有一個男人走出來指著他說話，看起來像是指責他活該，但是又說要載他回去，只是被阿賢婉拒。

「天哪……」大壯這才鬆口氣，事情發展有點出他意料。

他原本是要來挑釁的沒錯，想問這位檢舉達人被肉搜的感覺怎麼樣？結果他好兄弟居然直接揪人來了！

遮得再多他都認得啦，拜託，那件衣服就他送的啊，好兄弟化成灰都會認得的。

這兄弟太給力了，老胡當然都知道他的情況，想想他被檢舉達人害得多慘？這幾天小柳在家也沒給他好臉色，畢竟他賠了兩萬塊啊！這可是工作半個月的薪水，還沒加上罰單咧……重點是差點被開除，要不是這位好兄弟幫忙求情，他說不定連工作都沒了！

只是原本送貨的路線被換掉了，那間工廠老闆不想再看見他……這不是太奇怪了嗎？他才是受害者吧！都是因爲檢舉達人亂拍才害得他落到今天這地步，怎麼衰的都是他？

對！所以好兄弟來幫他出氣了！

他必須請兄弟大吃一頓，眞的是義氣當頭！大壯開心的發動引擎，打開大燈——啪！大燈一亮，阿賢赫然站在他的車前頭！

大壯傻住了，他差一點點就要嚇到踩下油門，幸好手煞車還沒鬆。

阿賢頂著那張被寫字的臉，隔著擋風玻璃與他四目相對，然後示意他降下車窗，跟著走到駕駛座邊。

他臉上被寫了蠢蛋兩個字嗎？這情況誰會開車窗啊！

咚咚咚——阿賢敲著車窗，但大壯直視前方不想理會。

咚咚咚——阿賢還是敲著車窗，看出大壯不動作，開始在外面吼叫，但是車窗隔音太好，實在難以聽清楚。

大壯看著他手裡不過就一袋購買的物品，剛散落在地上時看見只有一條魚，沒什麼威脅性，所以悄悄往下降了一點。

「這樣做對你們沒有好處，我從來不是針對任何人，我針對的是你們的行爲！」阿賢的聲音終於清晰的傳來。

大壯轉過頭，冷冷的瞪著他。

「但結果你就是針對了所有人！」大壯忍不住回吼，「你這自以為是的魔人！小小的違停又沒什麼事，你根本小題大做，你的所作所為，就是針對所有人！」

不再理會，大壯升好車窗，發動引擎，直接絕決的離去。

阿賢站在原地，握著提袋的手收緊，臉上露出複雜的神色……沒有人懂！他深呼吸一口氣，總是要等到出事才會有人明白嗎？

他低下頭，慶幸這次手機沒有壞掉，就在原地上傳了剛剛那張違停的照片。

他會檢舉到不能再檢舉為止，一定。

大壯真的好好的請老胡吃了一頓！

老胡大笑著，表示一切盡在不言中，大家都蒙面也戴手套，警方要找也不是那麼容易，更別說每個人的車牌都做了偽裝，還有他們熟門熟路，知道哪段沒監視器，大家騎到那邊就分散，一到主要幹道沒入車陣中，要怎樣找？那可是尖峰時間呢！

要是不幸眞的被抓到，那也是幾千塊就能交保出來的小事。

「最重要是出氣！檢舉達人這種人都該死光光！」老胡得意的說著，「我看那傢伙下次還敢不敢！」

「爽啦！兄弟！」大壯既感動又開心，這兩天檢舉達人被打、被寫字的直播轉得網路上到處都是。

網路自然有兩派論戰，但對於用路者來說，看見檢舉達人被公開處刑的影片，就是爽到翻！眞的啊，這麼愛檢舉別人，也該換他被拍嘛！

這支直播，直接被定義成「療癒片」了！

今天是老胡載大壯上班，下班也是一道兒回來，兄弟倆這些天感情可好了。

「欸，等等我轉角停下，上頭有局，我想去摸兩把，你自己走回去行嗎？」

快到家時，老胡提出有麻將攤的事。

「沒問題啊！這邊離我們家也才十來步路！」小事一樁！「你打完還早可以過來，小柳也說要謝謝你幫我出口惡氣，要煮頓好料請你吃！」

「唉唷，這算什麼大事！」老胡邊說，一邊右拐去，進入一條還是有雙向道的巷弄，一轉彎即刻靠右停下，「你都請我吃過了，跟小柳說不用忙啦！倒是上次不是提到想買新冰箱？我可以開我家那台貨車去幫你們載！」

「哥！你也太好了吧！」

兩個男人眉開眼笑的下車，關上車門後老胡鎖上，車子嘟嘟兩聲，車前燈跟著閃了兩下，車就停在轉彎處，紅線上。

「我上去摸兩把……這樣停沒事吧？」

大壯笑出聲，「可以啦！你哩肖喔！這裡又沒有檢舉達人！才停一下又沒關係！」

「就算有，說不定他也不敢了！」老胡若有所指，嘲弄的挑挑眉。

「哈哈哈！」大壯指指老胡，意在言外，兩個男人擊掌後分開。

老胡就在停車處上樓打牌，大壯則往前走回家，他們家就在前面不過十來號，沒幾步路而已……說著，看見女孩朝她奔了過來。

「爸爸！」

「嘿！我的小蘋果！」大壯穩穩的把她抱起來，「怎麼出來接爸爸喔？」

「嘻，對呀！」小蘋撒嬌的摟著父親的頸子。

小柳這才走來，瞥了眼後頭的車子，「你們喔！今天新聞裡說，警方說要全力追查，不允許這種私刑正義咧！」

「笑話，幹嘛不先追查檢舉達人？他們就可以偷拍？」大壯不以爲然。

「當然是說他們合法啊，誰都可以檢舉！」小柳轉身，跟著丈夫一起往家的方向走，「畢竟違規的是你們，不是還有專門的檢舉APP！」

「所以咧？社會眞的不是這樣混的啦！」大壯擺擺手，親暱的親親女兒，「我的小公主，今晚我們吃什麼？」

「媽媽準備了好好吃的東西喔！」女兒一副神祕兮兮的樣子。

「哎呀，爸爸假釋了喔？」大壯瞄了眼小柳，總算給他好臉色了。

小柳扳不住臉，忍不住笑了起來，但還是碎唸了幾句下次要小心，一家三口愉快的回家。

老胡替他出過氣後，大壯也就不再執著於公審檢舉達人的事了。

警方對他有所懷疑，但檢舉達人反而幫他提供不在場證明，證實揍他的人不是大壯，但阿賢不想追究被公審直播的事，只是警方說觸犯的是刑法，不是他不想提告就可以收場的。

而檢舉達人身分曝光，所以吳昆賢在直播隔天起，於鄰里及公司中也成了受矚目的焦點，不熟的其他部門還會指指點點，也有人過來語重心長的跟他說凡事人情留一線，叫他好自爲之；但熟悉的同事卻挺身爲他阻擋閒言碎語，要外人不要太過分，他們懂什麼？

若不是有過親身傷痛，吳昆賢豈會這麼執著？

吳昆賢坐在自己辦公桌上，對外界話語充耳不聞，桌上擺放的相片中是一家四口燦爛的出遊照，但現在他只有一個人生活。

只剩他一個人了。

只是吳昆賢的情況大壯根本不在乎了，網路上的論戰也逐漸平息，反正一旦有新的新聞，大家便會淡忘這件事；檢舉達人不只吳昆賢一人，依然到處都是，大家持續的違規，而吳昆賢也未曾退縮繼續拍照上傳檢舉。

只是吳昆賢住家附近，因爲知道他住在這兒，違規事項反而大幅減少很多，大家都覺得檢舉達人是瘋子，人們不怕壞人，就怕瘋子，尤其是執著的瘋子！天曉得吳昆賢會瘋到什麼地步？爲了自己的荷包，大家還是乖一點，別違規就好。

而大壯已經換了送貨路線，自然也不會再跟吳昆賢打照面，老胡他們也沒被抓到，前幾週那種怒不可遏的事像一場夢似的！

「走囉！下班了！」大壯打卡下班，本想找老胡，才想到他今天休假。

「再見！辛苦啦！」主管同事相互道別。

大壯開著車回家，今天發生了一件小確幸，但卻足以讓他開心一整天！因爲有個客戶居然因爲他送重貨上樓，給了他小費，雖然只是區區一百元，就讓他樂不可支了！

看，他就是這麼容易滿足的好人，做好事不好嗎？爲什麼要做檢舉達人這種缺德事呢？

『歡迎搭乘制裁列車。』

他的收音機裡，莫名其妙出現了語音。

大壯有點錯愕，開始轉著調頻鈕，他剛不是接手機的音樂庫嗎？怎麼跑出莫名其妙的語音？

『本列車將對您的違停相關事項，進行制裁，本單位已進行詳細調查，做到勿枉勿縱。』收音機裡繼續傳來陌生女人冰冷且制式的聲音。

「搞什麼東西……」他是轉到收音機了嗎？大壯有點分心，但螢幕顯示的狀態明明不是啊！

是誰在惡作劇嗎？爲什麼又扯違停的事？

大壯伸手關掉音響，確定了上頭沒有顯示後是——剎，下一秒，收音機自動開了！

『歡迎搭乘制裁列車，制裁即將開始。』音響裡繼續傳來那令人錯愕的女聲。

「搞什麼啊！」大壯開始大吼，一邊在車子附近尋找是不是有什麼隱藏攝影機，這是在拍什麼影片嗎？「吳昆賢！是你搞的鬼嗎？」

但緊接著收音機又熄了，不再有女人的聲音，可大壯卻被搞得心裡發毛。

所幸就快到家了！他渾身冷汗，什麼搭乘制裁列車？這台車是他的好嗎！制裁個頭啦！

一個右轉，方向盤向右打——突然間，轉角處竟停了一台貨車！

「哇啊——」角度沒有算對，大壯差一點點就要撞上那台貨車了！

所以他不得不立刻再把方向盤打左，千鈞一髮之際是閃過了那台貨車，但是因爲打左卻跨到了對向車道，對面有另一台左轉進來的車，被他突如其來的貼近嚇得猛打方向盤的閃躲！

誰都不敢亂煞車，只能先拼命躲開對方，希望不要造成撞擊——但這是不寬的巷弄啊，最終誰都閃不了誰！

磅！

大壯的車子斜斜往前，斜穿了整條馬路，直直撞上左前方路邊停著的自小客車屁股，而那台才左轉進來的無辜房車則追撞他的車右後方，幸好不嚴重！現場頓時撞成一團，大壯這台嚴重得多，撞擊力道大，安全氣囊爆開，炸得大壯是一陣耳鳴，頭昏眼花。

『沙……沙沙……』收音機此時突然又傳出了聲音，**『感謝您搭乘制裁列車……』**

又制裁？是指這個嗎？

「幹……」臉被安全氣囊爆得好痛，大壯勉強撐起身子，迷糊的雙眼看著車前的一切。

一群路人圍在他車前，幸好停在路邊的白色小客車沒有人在，但看見車屁股被他撞成那樣，他又要賠慘了！車外的人驚恐的對他揮手，他聽不清楚他們在吼什麼。

接著從右邊衝出個熟悉身影，女人發出撕心裂肺的尖叫聲——「呀——」

老婆？大壯困惑的看著小柳從右方衝了過來，激動的衝到他車前，用不可思議的眼神看著他。

「你做什麼——你做什麼啊！」小柳激動的尖叫著，立即跪趴在地上，消失在他眼前！

大壯懵了，但是他知道大事不妙！

他趕緊鬆開安全帶，車旁也有人來查看他的狀況，都是鄰居熟面孔，才一開中控鎖，立即有人打開車門，關切的問他有沒有事。

但是他一開車門，聽見的卻是小柳歇斯底里的哭喊聲，跟眾人緊張的呼喚聲。

「小蘋！我的小蘋！」

「叫大壯先把車後退啦！」

「不行啦，女孩被夾在那裡，我怕車一移走她會出事啦！」

「唉唷，都是血耶！嚇死人了！」

眾人你一言我一語，大壯暈著頭，離開駕駛座便踉踉蹌蹌的朝前去……被他撞毀的那台白色小客車車尾，他那七歲的女兒，被夾在兩台車之間，七孔涔涔流著血，頸子無力的低垂著，看上去已經……

「你爲什麼——你爲什麼要這樣！」小柳在另一邊看見他，抓狂的要爬過車前蓋來揍他，「你好好開車不行嗎！」

鄰居都拉住她，車子現在很燙，她別犯傻吧！

後頭的無辜車主看見慘況心涼了半截，他是不得已追撞的喔！他好好的左轉時，大壯已經先右轉了……是因爲前車車主突然撞過來他才必須閃躲的！

而且，終究也不是他夾死那個女孩的吧！

「那是我們的孩子耶！小蘋——」小柳痛徹心扉的喊著女孩，但女孩沒有任何回應。

大壯腦袋一片空白，他回身從後方重新繞到車子右側，剛剛究竟發生了什事？他好好的轉進來，是因爲——他的眼神，落到了轉角那台貨車上！

「是那台車，爲什麼有一台貨車停在那邊!?」大壯終於失控的咆哮出聲，「我是爲了閃那車才會這樣的，小蘋爲什麼會在這裡啊!?」

「她要出來接你，先到張媽媽家去玩的……」看見丈夫在身邊了，小柳忍無可忍上前就是一頓暴打，「她人在對面，並沒有在馬路上，是你直接斜撞過來的！你到底是怎麼開車的！」

女兒到對面開麵包店的張媽媽家吃小點心，出來時看見了父親的車子回來了，就站在自小客車後方準備要過馬路……那時的小柳還叫她先不要動，媽媽過去接她……

一切發生得太快，可能只有一秒……或是一秒不到？小柳痛徹心扉，她什麼都沒看清楚，她的女兒就被夾在兩台車中間了！

「是那台車——都是那台車啊啊！」大壯雙眼充血，情緒完全崩潰，他無法接受這一切，「那是轉角！那他媽的是紅線，那邊怎麼可以停車啊！誰——是誰停的？」

樓上總算衝下了後知後覺的貨車車主，車主一衝到走廊下，看著對街一片狼藉，當下止了步。

呆望著對面歇斯底里的人們，手裡的菸掉上了地。

「老胡？」

大壯看著一臉惶恐的好兄弟……對啊，那是他家的貨車！

我上去摸兩把！這裡可停吧？

可以啦！你哩肖喔！這裡又沒有檢舉達人！停一下會怎樣？

救護車聲由遠而近，大壯頽然得雙腳一軟，雙膝跪了地。

違停又怎麼了？礙到誰了？

死人了嗎？你告訴我，到底死人了嗎？

車內的收音機，依舊沙沙作響——

『謝謝您搭乘制裁列車，本列車已制裁完畢。』

查票

「您好，查票喔！請出示您的車票！」

火車車廂的最前頭，列車長朗聲宣布，手持著剪票鉗與電子工具，開始爲乘客查票，就算沉睡的乘客依然會溫聲的喚他起床，請乘客出示票證，其實無論有何狀況，只消補票就好。

幾個年輕人分坐走道兩邊，像睡死般叫不醒，列車長非常有耐性的搖醒他們，想著再叫不醒，可能就得找救護車了！最終他們不得已的被叫醒，不太甘願的嘖了幾聲，開始忙碌的找著票。

列車長靜靜的站在一旁，他也不催，就這麼看著他們找。

這是每日必見的場景，多半都是買短程或非對號車票，卻搭乘對號列車，如果能逃過那便可賺得幾百塊的車錢；使用就該付費，不然一間公司還如何營運下去，他們這些員工又要怎麼生活呢？

不需要吵鬧，他只是微笑，「慢慢找，我先去查別人的。」

反正勿枉勿縱，他也一定不會忘記這些人。

「先生，」查到中後段，又一個男人在睡覺，他大喇喇的把腳踩在前面椅背上，懶洋洋的睜眼，「查票喔！麻煩。」

男人瞥了他一眼，置之不理的雙手抱胸，繼續闔眼睡。

「先生，不好意思，查票喔！」列車長再喚了聲，回首瞧了一眼那幾個年輕人，決定先去處理他們。

查什麼票？男人兩眼發直，連飯都快吃不起了，還買票？

他們以為世界上每個人都過得很好，每個人都可以爽爽的坐這種對號列車嗎？

有的人三餐不繼，並不是不努力，而是就算努力了也收不到錢！

大家都想他死是吧？一定是這樣，每個人都想害他！

下意識摸摸褲子裡的刀子，那是他吃飯的傢伙，安裝冷氣時需要用的線路刀，在這種炎炎夏日裡，多少人要換家電？冷氣、冰箱，各式家電他都擅長，每日在高溫裡工作奔波，常常早上出門就一路做到晚上才回家，付出的勞力根本多於很多人！

然後呢？每個人都跟他說下個月再給他錢、扣他錢、跟他哭窮、說錢付不出來、要他可憐可憐他們母子老小……那誰來可憐他？誰！

這個社會就是不公平！有錢人不必做什麼事就能吃香喝辣，他工作這樣辛苦卻錢都收不回來！

還敢跟他要車錢？

他半坐直身子，回頭從兩個椅子中的縫隙，狠狠的瞪向正在查票的列車長背影。

「欸……我票找不到了耶！」年輕人無辜的喊著，翻找得很辛苦。

而且很巧的，一行四人都找不到。

「沒關係。」列車長微笑著，年輕人們跟著露出笑顏，「只要補票就好。」

笑容瞬間垮掉。

「不是啊！我們真的有買票，只是掉了！」

「對啊，真的有買啦！就都放在他那邊！」他們隨手指了一個男孩，男孩還錯愕的咦了聲。

「有買不能再叫我們買啦！」女孩子開始撒起嬌來。

列車長只是嘆氣，「我相信你們有買啊，但是現在我查票，我就是必須看到票……沒有的話，就只好請你們補票了。」

「哎唷……」年輕人們嚷著，你一言我一語的不想補票。

附近的人冷冷側目，這種技倆不必說列車長了，他們這種路人甲都看得明，想也知道是想逃票。

只是吵到最後，列車長直接拿起補票機，問著：「哪邊上車的？」幾個年輕人鼻子摸摸，最終還是回答了上車地點，列車長從容的一一補票，他們也只能默默的付錢，逃票宣告失敗。

這幾個人解決後，就換車末那個了。

列車長剛轉過身，卻發現那個男人也正回頭看著他，那眼神充斥著怒意，他頓時深感不妙。

是瞪著他嗎？他擰起眉，一步步上前。

「先生，」列車長禮貌的開口，「查票。」

「我沒有。」男人果然一路瞪著他，直到他走到身邊，迎視著。

「請問哪邊上車的？」他從容的拿起機器，就要輸入。

「你管我哪邊上車的！你想怎樣？我就是沒票，我也沒錢付啦！」男人突然咆哮，整個人跳了起來！

列車長下意識的後退，與他保持一定距離。

「搭車就是要買車票，這是常理，沒有錢你就不能坐。」

「誰說的？吝爸不是就坐在這裡嗎？」男人說著，一屁股又坐了下去，「我都上車了，你能拿我怎麼樣？」

附近的人們不安的看著這裡的糾紛，卻沒人敢說什麼，瞧那男人凶狠的模樣，大部分人都是抱持著多一事不如少一事的心態，何必惹麻煩？

反正列車長會處理，有狀況還能叫警察嘛！

「我知道他哪邊上車的啦，他跟我一起上車的！」男子身後不遠處，有個黑衣男人出聲了。

「幹！」這綠衣男人立即站起回頭，凶惡的看著一車廂的人，「誰？關你屁事！要你多事！」

黑衣男倒是沒含糊，他也起身，是個人高馬大的男人，不客氣的走了過來。

「使用者付費，憑什麼大家都要買票坐車，就你不必？」黑衣男指著他罵，「列車長也只是在工作，你爲難他做什麼？」

「我也在做工作，那大家幹嘛爲難我？你這麼有正義感，爲什麼不去叫那些人付錢？」綠衣男人激動起來，說著大家搞不懂的話，「我跟你說，我就是沒有錢！沒錢就不能坐車是不是？」

列車長回首，示意正義哥不要再前進，避免激怒這個激動的男人，車廂裡尚有許多老弱婦孺。

他用手勢暗示大家都冷靜，緩緩的往後退，請正義哥回座位坐好；激動的綠衣男則是用手指著正義哥，以警告的眼神看著他，要他不要多管閒事，爾後再回身坐下。

而列車長向正義哥道謝，並且詢問了綠衣男上車的地點後，默默的走到隔壁車廂去。

他已聯繫下一站的鐵路警察，先告知車上的狀況，請大家做準備，希望事情圓滿結束，但只怕有萬一。

通報完後，他深吸了一口氣，重新走回綠衣男人身邊。

「先生，請補票。」

「幹你娘咧！我就說我沒錢！」綠衣男再度大吼，「你們逼我是什麼意思？非得逼我不可嗎？」

「先生！」列車長也突然義正詞嚴，「你坐車就是要付錢，你現在可以不補，但是我已經通知警察，等等就會帶你下車！」

「你敢？你們敢？」綠衣男目露凶光，「好啦！叫警察，叫警察來大家就難看了！」

列車長無可奈何，這超出了他的能力範圍！眼看著即將進站，他選擇轉身離去，正式通報鐵路警察，可以上來帶走這個危險份子了。

坐在綠衣男附近的乘客默默離開座位，這綠衣男就是個危險份子，坐在他身邊都會倒楣，尤其從剛剛開始，他就不停的喃喃自語，不斷咒罵著。

車子緩緩進站，眼尖的人就已經留意到月台上有警察在等候了。

咦？一見到警察進入車廂，更多人嚇得趕緊撤離，這陣騷動輕易的引起了綠衣男的注意。

他一見到警察，立刻緊繃起神經，握住了口袋裡的刀子！

警察真來了？這些人真的欺人太甚！不去抓那些倒他錢的客人，卻來欺負他這種汲汲營營於生活的老實人！

「想幹嘛？蛤？」警察還沒到，他就先聲奪人了。

「先生，請跟我們下車。」鐵路警察接近他，「不補票就是下車，不付錢不能坐車！」

「憑什麼!?你們有錢了不起喔？」男子唰地一揮手，亮出了刀子。

「哇！」這一亮刀，整個車廂的人都站起來了，有人躲到最後面，趕緊拿起手機錄影。

「冷靜！」警察嚴陣以待，「把刀放下！」

「你們這些人就是欺人太甚！什麼都不給我，還想跟我要錢！」男人緊握著刀子亂揮，「還敢跟我要錢！我就是不給怎麼樣！」

他修了家電大家都能不給錢，什麼他媽的使用者付費啊？那他坐車又爲什麼要給票錢？

警察突然上前，一把抓住了他的手腕！

這瞬間，他情緒突然崩潰了！

「啊啊啊啊——」男子發狂的大叫，這個警察居然要抓他！居然要因爲他不買票這種事抓他！「死警察！你給我滾開！滾——」

男子拼命用力甩著手，同時用另一隻手推著警察！

附近的民眾與列車長上前想要幫忙，但兩個男人突然間就扭打在一起！警察無法奪刀，而綠衣男則帶著警察亂跌亂撞，他們一下撞到前排椅背，一下在走廊上踉蹌，一下子又跌到椅子邊。

「放開！」綠衣男猛然往前一推，警察整個人倒上了座椅！

眨眼間，局勢彷彿變了！列車長跟火車上的人趕緊衝上前，或拉或扯著男子，要將扭打在一起的兩個人分開！

「要錢？你要錢？」綠衣男大吼著，拼了命的將刀往下刺，「誰都沒資格跟我拿錢！」

歇斯底里的他力大無窮似的，刀子突然失去阻力，直接往下刺進了人類柔軟的身體裡。

「啊！」警察旋即感到疼痛，皺起眉低嗚。

他刺進去了！綠衣男喜出望外的看著身下警察痛苦的表情，「再囂張啊！」帶著狂喜，他倏地拔出了刀子，鮮血跟著刀尖飛濺上白牆，也濺上了正在拉開他們的列車長臉上。

血？他一怔。

「見血了！你有沒有事！？」列車長怒從中來，使勁的終於拉開男人，其餘路人也順利的扣住了他。

滴答滴答……水滴落聲太急，急得令人心驚膽顫，警察緊皺起眉的蜷在椅子上，手壓著腹部的傷口，卻阻止不了裡頭湧出的鮮血……還有內臟。

有塊東西掛在他的腹部外，伴隨著大量的血液，落在地板上聲音又急又快，滴答滴答、滴答滴答。

「壓住傷口！」路人紛紛上前幫忙，列車長頂著一臉鮮血，踉踉蹌蹌朝走道後面走去。

「加油！壓好！」乘客們緊張的爲他加油打氣。

「報告，我們受到……有同仁受傷……」

鐵路警察被眾人移動到地上躺著，他現在只覺得很痛，可以感受到腹部有熱流不停的往外流動，有點累……凶嫌的聲音仍舊在耳邊叫嚷著，腦海裡浮現的是生病的父親，他還想著晚上下班要買份父親愛吃的宵夜回去……

「活該！還想奪我刀！」已被眾人壓制的綠衣男仍在吼叫，「做人就是不要太過分啦……」

後面他喊了一串話，基本上無法分辨他的語言了。

「閉嘴啦！你殺人了！」路人們氣忿的吼著，多想……多想狠狠的揍這傢伙一頓！

「那是他活該！是他先動手的！」男人掙扎著，「我不動手是我死……就我……」

好累……警察開始呼吸急促，視線也有點模糊了。

「警察先生？喂，警察先生，你清醒一下，警——」

那個年輕的警察沒有活下來。

綠衣男姓曾，他從被拘捕開始就毫無悔意，不停的罵著髒話，火氣比誰都大，一副怒不可遏、全世界都欠他的模樣。

警察簡直怒極攻心，到底誰才該生氣？

找到曾姓嫌犯的妻子，他的妻子一聽到當即哭出來，她知道丈夫最近精神怪怪的，但不敢問也不敢多說，只知道與工作有關，似乎是辛苦工作了卻沒收到錢，讓他壓力非常的大……但她眞的不知道，他會去殺人！還殺死警察！

年輕警察的生命在曾姓嫌犯手上殞落，可他也沒有解釋爲什麼隨身會攜帶刀械，只是常常一個人自言自語的，根本沒人聽得懂他的話語；而這現象都顯示出曾姓嫌犯精神狀況有問題，經過調查，他早就患有思覺失調症，並且停藥許久。

而警察的父母親白髮人送黑髮人，痛哭失聲，尤其是久病的老父親，在現場哭到直接昏厥，肝腸寸斷，令人見之鼻酸。

這件事瞬間成爲頭條新聞，鬧得沸沸揚揚，所有人都在討論著警察公權力的問題，凶嫌一把刀輕易帶走一條年輕生命，而警察面對這種嫌犯卻連開槍都要顧慮？是怎樣的國家，會只讓警察用血肉之軀當人民的盾牌？

「太過分了！聽說他還沒有悔意！」小麵店裡，看著新聞的客人說得義憤塡膺，「又要說什麼有幻覺！」

「又要用精神病脫罪了啦！那個警察活該倒楣就是了？」

「我看我們明天也去掛號好了，拿張免死金牌就可以隨便殺人了。」男人不爽的說著，「反正只要說有思覺失調症就沒事了！」

麵店角落裡有對吃飯的父子，喉頭緊窒，握著湯匙的手緊了些。

對面的父親溫柔的握了握兒子的手，輕聲說著沒事、沒事。

男人依舊繃緊下顎，喝湯的動作變得十分緩慢……那些咒罵的耳語突然變得嗡嗡聲，有些模糊起來。

『他們在說你耶，思覺失調，就是神經病！』

『不是說我，是說昨天在火車上殺人的瘋子！』

『那還是瘋子，瘋子還有區分喔？』

『不一樣！我才不會殺警察！』

看著兒子停止動作，兩眼發直得目不對焦，父親趕緊輕搖了搖他，「宗翔，吃飯，吃飽我們去吃冰。」

宗翔的眼神緩緩對焦，看清楚眼前的父親，點了點頭。

「生病就會殺警察嗎？」他緩緩的開口。

「你不會。」父親用慈愛的笑容對著他。

「對！」宗翔點頭如搗蒜，「我不會。」

小吃店的老闆也正抬頭看著新聞，手在腰間掛的抹布來來回回擦了好幾次，眼看著都快擦破皮了，眼尾瞄向店裡那台陳舊的冷氣……上一次見到曾先生，也就那天的事，他們請他來修冷氣。

曾先生脾氣有點大，每講一句話都要譙一句髒話，但功夫還是不差，老婆想花錢換新冷氣，他還是想辦法把冷氣給修好了。

是費了一番功夫，不過……要價也比他們以為的高出太多了。

不安的再看了一眼旁邊切肉的老婆，雖然老婆殺價很厲害，但是……砍人家工錢實在不太道德對吧？

「看什麼？」老婆斜眼睨他，「那傢伙我一看就知道不是什麼好東西，看吧！殺人了，幸好我們沒跟他有牽扯。」

看著老婆走到爐子邊，老闆也趕緊轉過身低語，「不是啊，妳那天扣他工錢，他是不是這樣才跑去火車……」

「呸！關我們什麼事！是我們叫他去殺人的嗎？」老婆嘖了一聲，「我沒有扣他工錢，是他報高了，就拆開來、螺絲鎖一鎖，東西拆下來再裝回去，跟我收一萬塊！有沒有搞錯？」

聽起來是有點貴，但是……「跟換一台比很便宜了吧？」

「你們這種蠢貨！想擺闊喔？那些錢就夠了，還什麼外出費加價，騎台摩托車來油錢才多少？」老婆嗤之以鼻。

老公也不想再爭執下去，但極其不安的看著新聞，他算過時間，曾先生就是被老婆塞了兩千塊打發走後，就去搭火車的啊！他怎麼想都怕……是因爲老婆硬扣對方工錢，才導致他怒從中來的。

不過，說到底，也不是他們叫他去殺人的吧。

角落的父子先吃完，他們先付款走出店外，其實兒子看上去有些怪怪的，明眼人都看得出來，只是說不出個所以然。隔壁就是冰店，天氣實在太熱了，吃飽飯再來碗冰眞是爽快，只是老父親吃到一半，要兒子先待在店裡繼續吃，他有個東西忘了拿，他去去就回。

見著老父親回來，老闆還有點錯愕，以爲他要外帶還是怎麼了？

「沒事，說說話。」他擺擺手，走進店裡時，那對男女還在對新聞抱不平。

「看！看！果然！」男子指著新聞破口大罵，「立刻就說有病了！」

「又要鑑定？有沒有搞錯？鑑定完就沒事了啦！」女子也咬著筷子，氣不打一處來！

眼尾瞥見靠近的男人，老父親站在桌旁，皺著眉看向他們，一臉淒苦樣。

嗯？這對男女留意到他站在桌角不動，不明所以，認識的人嗎？

「我跟我兒子剛剛在角落那邊吃麵，他以前是個優秀的好孩子，但……有一天突然發病，就是得了思覺失調症。」老父親溫溫的說著，「他過得很辛苦，但一旦發病起來，他們是無法控制的。」

男子皺起眉，「所以？」

「所以那個殺警察的凶嫌有錯，他殺人就是不對，但如果他是病患的話……很多事不是他能控制的。」

女人翻了個白眼，「意思是警察活該嗎？」

老父親一凜，蹙起眉，「我沒這麼說，殺了人就是犯法，我只是告訴你們：很多事不是他們自己能控制的。」

「所以我說，警察活該嗎？」男子不爽的站了起來。

老父親滿是風霜的臉流露出悲傷與微慍，這些人永遠搞不清楚，很多事情並非自己能掌控的！不管是兒子的病，或是他們自身的妄想，若非喪心病狂，誰會這樣隨意殺人？

「那生病的人就活該嗎？沒有人想要生病、他並不想這麼做，那些聲音跟幻覺就是會湧現，有時我只是好好說話，我兒子卻認爲我想攻擊他，那能怎麼辦？」

女人也聽不下去的重重放下筷子。

「有完沒完啊，重點就是那個警察死了，藉口理由再多，他就是殺了人！」

老父親緊皺起眉，激動的深呼吸，「然後呢？」

「以命抵命啊！」男子不爽的嚷著，「不然呢？讓你們拿著免死金牌就逍遙去了？你看到新聞沒有？人家警察的父親都哭到昏倒了好嗎！」

老父親難受的看著電視新聞不停放送著警察父親哭倒的畫面，他懂，他怎麼會不懂！但是有一天如果他的兒子也這樣殺了人，兒子根本不知道他做了什麼、發生了什麼事！

凶手必須付出代價，但是不該肩負他根本不知道的罪惡。

他有罪，但是沒有惡啊！

「一命換一命，警察也無法再復生……」

「那也總比讓凶手快樂爽過日子好吧！」女人終於也不爽的站了起來，「凶手是你兒子嗎？祖護成這樣？你有本事就站到警察的家人面前跟他們說這些話！」

他不能。老父親緊抿著唇顫抖，也不敢。

喪子之痛豈止撕心裂肺，什麼理由都不該在死者家人面前說，但是……他更知道，如果對方是病患，他們只想渴求一點包容。

生病的他們，根本不清楚嚴重性啊！

喝！突然間，麵店門口站著宗翔，他呆愣的站在原地，腦子裡出現嘈雜的聲音。

『他們在欺負你爸爸！』

『他們想傷害他！你是不是好孩子啊，連保護爸爸都做不到了嗎？』

那吃麵的客人不耐煩的朝老父親揮手，「神經病耶你，莫名其妙跑來吵我們做什麼？」

『看！他們要揍你爸爸了！』

「你們做什麼——」宗翔二話不說，突然對著揮手的男子衝過去——

「宗翔！」老父親嚇了一跳，連忙衝上去阻止！

宗翔是直接衝向女子的，女子右側才是男友，她尖叫著往後退，男友嚇得拉過她，踉踉蹌蹌的往後方躲去！

老父親在千鈞一髮之際擋住了暴衝的兒子，兒子一臉殺氣騰騰，對著男人狂吼。

「你做什麼！你敢欺負我爸！」

一屋子吃麵的客人都嚇到了，老闆與老闆娘也驚恐莫名，老父親趕緊跟大家示意沒事，一邊握著兒子的手。

「沒事！爸爸沒事，我們只是在說話！」他不停的在兒子耳邊冷靜的說著。

「他揍你！他想揍你！」兒子喃喃唸著，「好大聲，他還罵你！」

「沒有，我們只是說話比較大聲一點！宗翔，沒事！」老父親再次強調沒事，「你看，爸爸是不是好好的？我們只是在聊天……對不對？」

老父親突然回頭，問了那個男人。

深鎖的眉，夾帶了幾絲懇求。

「對，我們只是在聊天。」男子趕緊回應，緊張的嚥了口口水。

宗翔終於緩了下來，幾秒後喔了一聲。

「冰呢？我們快回去吃冰吧！」父親推著他往外走去，努力的撐著笑容，朝著店內每一個人頷首道歉。

老闆與老闆娘緊張得都躲到角落去了，剛剛那男人衝過去時，一臉彷彿眞的要殺人似的。

女子緊張得都在發抖，男友趕緊查看她有沒有事。

「好可怕喔！差一點就要被殺了！」女子哽咽的說，「幸好你反應快，應和了他爸！」

「廢話，跟那種人哪能硬碰硬！他爸剛都說了，他兒子有思覺失調症耶！」男人心有餘悸的坐了下來，「我要是被他砍了，靠夭不就換我活該了？」

殺警嫌犯無罪釋放。

這判決在瞬間引起了眾怒，因爲曾姓嫌犯患有思覺失調症，所以他並不知道自己當時做什麼，便不需要擔負這樁罪刑。

說到底，那個警察就是白死了。

穿著白衣的女人靜靜的捻香，身後跟著一個高中生模樣的男孩，跟著媽媽一起對著前方老者遺像行禮後，再向家屬致意；今天靈堂裡不是那個英勇的警察，而是他的父親，原本久病纏身的他，因爲得知殺兒子的嫌犯無罪後，變得鬱鬱寡歡，最終病逝，連上訴都沒等到。

家屬根本不認識他們，今天來致意的人太多了，他們也分不清誰是誰。

而唯一最該來的人，當然沒有來。

「媽媽，」走出靈堂時，男孩蹙眉，「這樣好嗎？」

媽媽苦笑著，「我們能做的只有這麼多。」

「我懂了，我也會努力幫忙，快點再賺錢賠給曾先生。」男孩懂事的回應著。

他們把好不容易湊到的錢，包成一包奠儀，給了警察的亡父，而這筆錢，本該是屬於凶嫌的。

他們家裡是眞的過不去，但這麼熱的天，沒有冰箱眞的不行……從回收場買來的二手冰箱太舊太糟，便透過關係請曾先生來維修，她一時付不出錢，但是保證一定會籌到，絕對不會欠他！

曾先生那天氣得大吼大叫，摔他們家的東西，但再凶她也拿不出錢來，他咆哮著大家都希望他死是嗎？就這麼罵罵咧咧的走了。

下一次得到曾先生的消息，就是他在火車上，殺了人。

看到新聞才知道他有思覺失調症，覺得大家都在針對他，壓力山大是因為工作卻收不到錢……這讓她意識到，她也是幫凶之一嗎？

大家都不給他錢，但他也要生活，每個人顧及自己生計的前提下，卻讓曾先生走投無路了……進而引起發病，乃至於殺了警察。

攜子坐車南下，就為了給警察家屬致一份哀思，他們能做的，只有這樣！法律什麼的她不懂，她只知道一條年輕的警察生命逝去可惜，他的父親在悲痛中過逝是悲劇，而曾先生作為凶手卻因生病獲判無罪……

但他們家，還是欠那個曾先生工錢。

幸好孩子懂事，她抹了抹淚，與孩子一起進入車站後，讓孩子去買車票，她去買點吃的，兩個人再一同到月台上等候區間車。

「你不能這樣講！什麼事都推到我身上就好了？」背後有兩個男人起了爭執，「是你先說他有病，表現很差，要扣他錢的！」

「對，但就扣一點點就好，我沒說要扣這麼多啊！」肥肚男不爽的瞪直了眼，「你是扣了他半個月的薪水耶！」

「他遲到早退，又情緒不穩，客人常客訴……」另一個禿頭男人咬牙低語，

「不是說好要扣他工資再逼他走嗎？誰知道他就不走，然後卻跑到火車上殺人了！」

嘖！肥肚男戳了禿頭男一下，「你小點聲，是怕人家不知道嗎？」

高中男孩默默拿著書，聽著這爭執，有點心驚。

「又不是我叫他去殺人的！」禿頭男嘆了口氣，「不過他也眞厲害，都殺了人還無罪啊，要是……」

「知道可怕了厚，要是他來捅我們呢？」肥肚男低嚷著，「現在知道我爲什麼要親自來接他回去了厚！欠他的工資我都準備好了……啊！車子快來囉！」

聽見口吻丕變，男孩轉過頭去，看見一個削瘦的女人與一個高瘦的男人從洗手間的方向走來，他嚇得趕緊轉回來——是那、那個曾先生！

他跟媽媽現在沒有錢可以還他，萬一……對啊，他殺人都可以無罪了，如果他現在把他或媽媽殺了怎麼辦？男孩壓抑住想哭的衝動，聽著身後的寒暄，低著頭快步的也往洗手間的方向去！

媽媽剛去廁所了，希望媽媽沒有被看見！

「眞不好意思，還讓你們破費，還特地來接我們。」曾太太虛弱的說著。

「客氣什麼，小曾是我們的師父啊！沒事沒事，回去我們立刻去吃豬腳麵線！」

男孩衝到洗手間前，恰好遇上母親步出，她本想問些什麼，但一見到兒子蒼白的臉色，頓時就知道不對勁。

「怎麼了嗎？」

「……那個，那個……」他拉住媽媽，「曾先生在月台上。」

「咦？」女人也被嚇得臉色刷白……對！曾先生無罪釋放了！遠遠看過去，不遠處有四個人正在說話，她蹙起眉，「我們應該上前告訴他，錢我們一定會還！」

「媽！他殺人無罪！」男孩恐懼的搖頭，「他如果抓起狂，把我們殺了怎麼辦？」

母親一怔，緊握住了兒子的臂膀。

地面上的紅燈亮起，列車即將進站。

母親沒有再多說什麼，她捏著手上的車票，與兒子朝較遠的月台走去，不希望與曾先生等人相遇。

車子停下，他們在第6車廂上了車，曾先生他們上了前頭的車廂，兒子說著剛剛所見所聞，母親聽了倒是有點奇怪。

「曾先生的老闆來接他嗎？」母親坐在位子上左右張望，「那怎麼會搭區間車回去？」

他們母子是能省則省，用時間換金錢，當然坐最便宜的車子啊！但怎麼會有人特地來接風洗塵，還帶人家搭區間車的？

列車緩緩開啟，男孩不安得很，胃開始翻騰，便前去洗手間。

即使不同車廂，但一想到跟曾先生在同一班火車上，他就覺得恐懼不安……離開洗手間時，在搖擺的車廂通道裡，看見上方車號有點疑惑，他不由得往前看了仔細。

「制裁列車？」他疑惑的唸著，「什麼東西？這車號不是應該是數字嗎？」

正喃喃唸著，第5車廂的自動門開了，他詫異的發現第5車廂竟是對號座位！一對慌張的男女也到了過道上。

「嚇死我了！居然是姓曾的！」女人嚷嚷，「他怎麼會在這班車上？」

「妳緊張什麼！他被無罪釋放啊！」身後的男人倒是心急，「趁這個時候去好好道歉……把錢給我，我們把錢還給人家！」

男人伸手，想拿過女人的皮包，妻子卻突然皺眉，怒目的搶回皮包。

「什麼東西啊！我欠他什麼了？還還錢？」她氣急敗壞的說著，一抬頭，對上男孩的雙眼，有點尷尬的降低音量。

爲什麼？男孩心涼了半截，爲什麼這台火車上的乘客，都好像是跟曾先生相關的人？

唰，第6車廂的門開了，走出的是他母親，還有她身後的列車長。

「請大家按座位坐好喔！」列車長笑著，禮貌的請母親往前。

座位？男孩不明所以，「我們沒……」

母親走上前即刻扳過他，「車票你怎麼買的？」

「什麼？」男孩低頭看著母親手裡的車票……

對號列車，第2車廂。

「不！不對！」男孩緊張的抓過車票反覆查看，「我是用投幣的，買的是區間車票……怎麼可能有位子!?」

但手上的票，卻紮紮實實的是對號列車，男孩慌張的回頭，越過列車長，卻赫然發現剛剛那第6車廂裡的座位，竟變成了對號列車！他要母親看看，母親回頭也錯愕得說不出話來。

他們剛剛的座位不是那樣的啊！

但列車長半強硬催促著他們繼續往前走，剛剛的那對夫妻直嚷著這車沒什麼人，為什麼不能隨便坐，但列車長只是微笑重複的說：「請按照座位坐下。」

對啊，男孩穿過一節又一節的車廂，幾乎都沒有乘客，為什麼非得讓他們按位子坐不可……他知道是規定，但在這台車都是空著的情況下，也沒有必要這麼硬吧？

而且，為什麼列車會空成這樣，根本沒有其他人？

不對勁。男孩冷汗直冒，明知道不對勁卻不知道能怎麼辦！列車長在後方彷彿在押送他們似的，一路到了第2車廂。

車廂門一打開，看過去也幾乎沒人，但近前方卻明顯的看見禿頭男跟肥肚男，正在陪笑聊天。

那曾先生聽見動靜回首，先是一怔，然後站了起來，他認得這些人！

都是欠他錢的人！

「唷！大家來接我嗎？」曾先生嚷嚷，「你們這些苛扣我錢的傢伙！」

這一吼，走道相隔的肥肚男他們也冒了冷汗，他們還沒機會把工資拿給他們呢！正想著等氣氛好一點時道個歉，怎麼突然跑出其他人？

一旁的妻子趕緊拉他坐下，請他不要這樣。

「請按照位子坐下。」列車長往前走，「查票喔！」

這三個字挑動著現場每個人的敏感神經，大家均戰戰兢兢，深怕曾先生會突然抓狂，但曾先生一切無異狀，妻子則拿出車票，讓列車長查驗。

「太太，妳不是這個車廂的。」列車長看著曾太太。

「啊？」女人一怔，「不是啊，我們一起買的……」

但她的票寫著：第**3**車廂。

「他們是夫妻啦！」冷氣行老闆肥肚男說著，「啊一定是你們票給錯了。」

「本列車必須完全按照座位坐好。」列車長用冰冷的眼神看著他們，「請。」

他向後方比了個請離開的動作，曾太太愣了。

「喂！」曾先生不爽的站起來，但他真的只站了一秒——唰！列車長輕鬆的就將他往座位壓去！

那力道之大，他覺得自己彷彿被釘在了椅子上似的……一旁兩個老闆也想出聲，卻突然發現自己無法動彈、說不出話！

曾太太緊張的拿起包包，她只希望丈夫不要再發作，要她做什麼都可以！「我去！我去！你們不要刺激他！」

她絲毫不知道曾先生根本開不了口，還輕搭著他的肩頭低語，「我就在隔壁車廂，沒事的，冷靜好嗎？」

曾先生沒回答，她當作他聽見了，匆匆往後走到第3車廂去。

「按座位坐。」列車長突然抬頭，冷冷的對著現場每個人說，那陰鷙的眼神讓男孩不寒而慄。

他們動作起來，男孩才要查看座位在哪裡時，卻發現車票剛剛上頭的2，活生生在他眼前變成了3。

這一切都太奇怪了，男孩僵在原地，他知道這一切令人害怕，但現在沒有比遠離曾先生更好的選擇，再詭異，他怕的還是那個人！

「我們在第3。」他力持鎮靜對母親說著，出示給張口要問的母親看。

女人錯愕非常，她甚至覺得自己是不是失智還是怎麼了!?剛剛在第6車廂被查票時，她親眼見車票是第2車廂，現在卻？

但兒子沒給她太多的時間思考，他們立即前往第3車廂，第3車廂除了曾太太外沒有其他人，而他們坐在同一排，位子在最後面，靠近第4車廂的地方。

前頭的自動門緩緩關上，還可以看見那位太太在找位子。

「我們……在那邊！」小吃攤老闆娘找到了自己倒數第三排的座位。

列車長終於鬆開了曾先生，明明喊著要查票的他，卻沒有再進行驗票，而是逕自走向第1車廂，離開前再度回頭，禮貌的對著所有人一鞠躬。

伸手一按，自動門開啓，頎長的身影便進入第1車廂。

「抓我！他抓我！」曾先生這時才跳了起來，「我老婆呢？我老婆呢——」

他彷彿一秒歇斯底里似的，兩個老闆都不敢出聲阻止他，看著他往後頭走去，而見著他的小吃攤夫妻嚇得往窗邊縮，但是曾先生突然停下腳步，狠狠的瞪著他們。

「你們！一萬塊的工資，只給我兩千！兩千！」他俯身逼近他們咆哮著。

「哇呀——」小吃攤老闆娘閉著眼睛尖叫，感受到有人在扯她的皮包！

「我們不對！是我們不對，立刻還給你！」小吃攤老闆抽過了老婆的皮包，慌亂的在裡面掏錢，「我加倍給你，對不起，是我——」

嘰——尖銳的聲音突然從廣播裡傳來，刺耳得令所有人摀起耳朵。

『您好，歡迎搭乘制裁列車，本列車即將展開制裁。』

咦？前頭的肥肚男站了起來，與禿頭男面面相覷，什麼制裁列車？

「制裁列車？」曾先生看著近在咫尺的車廂門上方的跑馬燈。

——本列車為制裁列車——

「什麼？」小吃攤老闆亦錯愕非常，「什麼是制裁列——」

『歡迎搭乘制裁專車，本列車即將展開制裁。』廣播裡再度出現冰冷制式的聲音，**『各位只有一個任務，就是對第1車廂的人，進行查票。』**

又是查票。

每個人，眼神都不由自主的落在了曾先生身上。

「搞什麼啊？這是什麼惡作劇嗎？」肥肚男嚷著，「這不關我們的事啊，怎樣也是……他的問題啊！」

「對啊，而且法官不是已經判他無罪了嗎？」

『只要補票完畢，各位就能下車。』廣播裡繼續說著。

小吃攤老闆手裡還握著老婆的皮包，完全不明所以，制裁列車？制裁誰？這裡如果論有罪者……該只有曾先生啊！

才在想著，車廂裡的燈突然瞬間暗去！

「哇呀——」這黑暗引起了女人叫聲，男人也哇啦啦的喊著。

肥肚男瞬間意識眼前這徹徹底底的黑暗，代表他們在隧道裡嗎？因爲一絲燈光都沒有，什麼都看不見，伸手不見五指！

「老公！」小吃攤老闆娘抓著丈夫的衣服哭喊著。

啪！下一秒，前面車廂的燈亮了！

「哇啊啊！」不假思索的，肥肚男與禿頭男爭先恐後的朝第**1**車廂衝去，小吃攤老闆娘則推著老公也往前，順勢搶回自己的皮包。

他們撞開了曾先生，曾先生這時卻敲著頭，他想回家……他只想回家！

「走啊！曾先生！」小吃攤老闆不忘拉過他，這裡太詭異了！

曾先生被拉著往前，回頭望向黑暗的遠端，「可是我太太……我太……」

話沒說完，他們狼狽的衝進了第**1**車廂。

自動門在身後關起，嚇得臉色蒼白的他們，看著這滿員的車廂，竟沒有人因爲他們的進入而回頭。

「哇，眞集中。」肥肚男驚訝於前面黑壓壓的人頭，「所以我們現在……」

「去問車長！」禿頭男指著最前方的駕駛室，才往前一步，腳卻踢到了一個東西。

大家驚恐的同時低頭一瞧，躺在走道上的，是補票機。

寒意自背脊涼到底，每個人均瑟瑟顫抖，突然意識到這一切，都是衝著「補票」來的。

「這你……這你的問題喔！小曾！」禿頭男拾起機器，一把塞進了曾先生懷裡，朝天空喊著，「他才是犯罪者，不是制裁我們吧！」

「而且他已經被判無罪了，爲什麼會有……私刑嗎？」肥肚男瞬間理解到狀況不妙。

「不是啊，就算要判刑，扯我們做什麼？」小吃攤老闆娘不可思議的尖叫著，「我們跟這件事無關啊！」

小吃攤老闆緊張得手心冒汗，大家都沒注意到……這樣大聲嚷嚷，全車廂沒有一個人回頭看他們嗎？

而曾先生看著補票機，卻二話不說把機器揹上。

他知道他殺了一名警察，但是爲什麼他並不知道，也記不清楚，那天他只知道忿忿不平，而且覺得有人要害他……是對方先要他的命，他只是在反擊！

內心有無數個聲音告訴他，要反擊！不然他就會被殺掉了！全世界人都在欺負他、都希望他死！

他的老闆說他遲到早退，態度不佳，東扣西扣把他的工資扣了一半……還有個單親媽媽跪下來求他寬限幾天……然後偷偷接了一個修冷氣的活，小吃攤卻只給他兩千塊……大家都要活，就他不必活了是嗎？

是他們先要他的命，所以他才會帶刀保護自己！

但是他殺人？誰？爲什麼……他根本不記得。

「查票啦！」他大吼著，往前走去，「查票查票！」

前排座位上，突然站起了一名男子，他回過頭時，所有人都嚇了一跳。

因爲他手上拿著刀，直接扳過曾先生，二話不說就朝他肚子捅了下去。

「……咦？」肥肚男愣了一下，「那個……是那個警察！」

新聞他心虛的看了幾百遍，他不會認錯的！就是那個被殺的警察！

「怎麼……幹！」禿頭男也認出來了，問題是，那個警察不是死了嗎？跟著，男子身邊的靠窗的男人也站了起來，他們有著相似的臉，只是對方老了許多……是警察的父親！

「啊啊啊……鬼！鬼啊！」禿頭男總算反應過來，尖叫著想要離開！

但，此時此刻，車廂裡所有的人齊刷刷站了起來，每個人手上都拿著一把刀子……與曾先生當初那柄線路刀一模一樣。

「不……哇——不關我的事，等等——」肥肚男立刻被其他乘客抓住，一群人壓著他，好幾把刀子紛紛往他身上猛刺，還割開了他的肚子。

禿頭男也沒兩步就被扯進了一個座位裡，三五個人合力拿刀往他身上猛戳，「哇啊啊——」

小吃攤老闆尚未反應過來，刀尖就刺進他的心窩，他痛得無法叫出聲，下一秒被推上了地，任人們戳刺著、踩踏著……追著他老婆而去。

「開門——開！」老闆娘衝到門邊，卻怎麼按都按不開車門！

然後，第**2**車廂突然脫勾，喀噠一聲，在她眼前往後滑行……遠去？

「不！不——怎麼回事？等我——」

後頭驀地被一刀刺入，她張大了嘴，「呀──」

她被壓在門上，後頭的刀勢猛烈，人們一刀一刀的捅著他們。

而曾先生痛到撫著肚子，踉蹌得倒在就近的椅子上，他的內臟流了出來，血滴在地板上，滴答滴答……他不認得眼前這個看著他的男人是誰，只知道好累……好累……

男人與父親默默看著，然後轉身離去。

沒有人再去多捅曾先生一刀，他耳邊只聽見此起彼落的慘叫聲。

無論是肥肚男、禿頭男、小吃攤夫妻，都飽受著被亂刀捅死的痛楚，他們癱在血泊裡，身體被捅得稀巴爛，不說內臟橫流，連臉部都無法辨識──

然後，曾先生突然狠狠倒抽一口氣，彈坐而起！

他坐在椅子上，撫著自己毫髮無傷的肚子，看著乾淨的地板，剛剛的痛楚呢？他慌張的看向隔壁的乘客，一名女子正在睡覺。

「哇！」倒在門邊的小吃攤老闆娘也突然坐起身，背靠著車門，看著明亮的車廂，乾淨的地板，她的眼珠子……她的身體……沒事？

走廊與位子上紛紛站起一臉錯愕的肥肚男與禿頭男，甚至連小吃攤老闆都爬了起身，每個人眼神裡都是不解與慌亂，大家都在發抖……剛剛那一切太恐懼，痛楚都植入骨子裡了，但現下卻是……惡夢？幻覺？

大家朝著車尾走去，面面相覷著，總不會所有人都做一樣的惡夢吧？

『您好，歡迎搭乘制裁列車，本列車即將展開制裁。』空氣中突然傳來令人毛骨悚然的廣播，**『各位只有一個任務，就是對此車廂的人，進行查票。』**

咦？

曾先生尚在發呆，在他右手邊的女乘客冷不防的一刀就往他的腹部刺下——啊！又是一樣的痛楚，他的內臟再度被捅出，又一次倒上了椅子，鮮血滴落，滴答滴答……滴答滴答……

車尾四個人僵直著背，緩緩回頭……看著整個車廂的人，再度站起，他們臉上帶著咧開的微笑，手裡舉起的是同樣的，銀色線路刀。

然後，第**1**車廂，再度被鮮血染紅。

「哇啊啊——哇——」

喝！亮光突然自窗戶照進來，男孩嚇了一跳，他們朝窗外看去，竟看到了翠綠山景！

「怎麼……」男孩發現到這是他們熟悉的景色，「才剛發車……我們剛離開起站而已……」

他跳了起來，往前一望——整人瞬間呆住。

身邊的母親也不可思議的站起來，看著前方只有瞠目結舌，一個走道之隔的曾太太發著抖，不支的撐著身子，歪歪斜斜的往前方衝去！

他們前面，竟是駕駛室。

沒有第**2**車廂，沒有第**1**車廂！他們所在地方就是第**1**車廂！

而且車廂裡曾幾何時，竟有其他乘客啊！

「不不……我老公呢？」曾太太失控的拍著門，裡頭的駕駛回頭瞥了一眼，聯繫了列車長。

車廂乘客都在張望，看著這騷動，而恰好在附近的列車長也及時趕到。

男孩焦急的拍著母親，「媽，車票！票！」

母親也趕緊慌張的把車票拿出來，他們的車票車廂數字，果然變成了**1**；母子兩個人打了個寒顫，相互望著卻說不出話。

「抱歉！請問怎麼回事？」

「我老公……我老公剛剛在前面的車廂裡，車廂呢？」曾太太哭喊著，突然火車一個暫顫，她向後不穩的倒了下去。

小心！

一雙手及時穩住了她，不使她狼狽跌地。

「小心！」男人緩緩的說著，溫柔的拉她站起。

隔壁的老父親趕忙站起，閃身走出，「宗翔，扶人家先坐好，小心點……」

宗翔把曾太太扶到位子上，她已經泣不成聲，全身都在發抖，「我丈夫他在前面的車廂，還有他的老闆……我、我……」

「太太，這裡是第**1**車廂。前面只有駕駛室啊！」列車長疑惑但有耐性的說著。

男孩突然像是想到什麼似的，立即跳出座位外，再度奔進車廂通道，找尋著車廂上該有的車次號碼——

「小峰！」母親嚷著，擔憂的追出去，一開門就看見站著的兒子。

男孩呆站在車廂通道中，仰頭看上面的車次號碼。

「怎麼了？別嚇媽媽……太可怕了，這是怎麼回事？」

「媽，這是車次編號……」男孩指著上頭的號碼，清楚的數字，與車票上的車次編號一模一樣。

「5233，對啊，我們坐了對號車。」母親對照著車票上的號碼，對號車的票價這麼貴，但是這張票卻眞的買到他們家那站。

用區間車的票錢，坐上對號車嗎？

「可是我剛剛上廁所時，這塊牌子上寫著的是：制裁列車。」

「制裁列車？」母親蒼白著臉色，打了個寒顫。

回頭望向第1車廂，筆直的看過去，那位在安撫曾太太的列車長，也不是剛剛那位。

他們剛剛在制裁列車上嗎？那麼曾先生跟其他人呢？

黑暗中，有一節車廂，孤單的在鐵軌上。

那是永遠打不開門的車廂，昏暗的燈光被血染紅，鮮血濺滿了玻璃窗，裡頭傳來激動的碰撞與慘叫聲，在淒厲的慘叫聲後，當痛楚一再的撕裂精神後，燈光會再度變得明亮，一切恢復正常，重新再進行下一輪的制裁。

「開門！救救……啊啊！啊啊！」這一輪是肥肚男貼在門上，數十人的刀子捅著他的力道，震盪著那永遠按不開的自動門，肥肚男望不到後面該有的車廂，只見到靜寂的軌道。

黑暗中都迴盪著他們淒厲且不絕於耳的慘叫聲。

『嘰……』刺耳的聲音在廣播中響起，**『歡迎搭乘制裁列車，本列車沒有終點站，永不停靠。』**

只是殺了一條狗

看著漂亮的棒棒糖，男孩嚥了口口水。

他抓著自己滿是髒污的衣服，一雙眼閃閃亮亮的，卻還是不敢貿然上前去拿那支棒棒糖。

男人捏著那支棒棒糖，笑得和藹可親。

「來啊，買給你的！」他伸直了手，將棒棒糖遞得更前了。

男孩手心竟在冒汗，因爲他不確定是不是眞的可以吃……貿然上前，爸爸會不會突然又揍他？

但爸爸今天好溫柔喔，他怯生生看著男人，正爲他剝開棒棒糖的包裝紙，然後將他拉近身前，將棒棒糖湊近他嘴邊。

「啊！」

「啊——」孩子抵不住誘惑，張開了嘴，男人將棒棒糖塞進嘴裡。

甜蜜的滋味立即在口裡化開，男孩開心的舔著含著，男人則溫柔的摸摸他的頭，「好吃嗎？」

「好吃！」他用力點著頭，心裡都是幸福跟滿足。

「好吃就好。」男人拍拍他，起身往房間走去。

哇……男孩開心極了，爸爸今天好好喔，還買棒棒糖給他吃！他坐到了電視前，手上袖子隨便一揭，上頭都是駭人的青紫瘀痕，但對孩子來說沒什麼，一支棒棒糖跟溫暖的大手，就可以將這樣傷痛暫時抹去。

進房的父親沒多久又走出來，瞥了他一眼，「坐太近了，不要坐那麼近看電視。」

男孩聽話的往後挪了挪身子。

接著，細微的金屬聲響引起了男孩的注意，他全身僵硬的停止了吸吮棒棒糖的動作……那是皮帶扣環的聲音，他戰戰兢兢的回眸，看見父親正在解皮帶。

爲什麼？他驚恐的想找地方躲起來，但男人已經甩動了皮帶。

「你在吃什麼？我有准許你吃糖嗎？」

父親突地咆哮，大步上前輕易的抓住男孩的衣服，直接往身前拖！皮帶跟著揮上他的身體，男孩嘴裡咬著的棒棒糖，不知道該吐掉還是該繼續含著？

「吃什麼糖？我餵你你就吃？我不是說過不許吃零食！」男人一把將他嘴裡的棒棒糖抽起，就往旁邊扔，接著用皮帶圈住男孩的頸子，提拉起來！「跪下！」

頸子被皮帶圈住的男孩嚇得魂飛魄散，儘管這是每日必要遭受的事，但是……但是今天的爸爸不是應該很和藹嗎？糖果是爸爸剛剛給的、還幫他剝糖果紙，甚至摸了他的頭啊！

男人將皮帶穿過皮帶環，緊緊勒住男孩的頸子，嚇傻的男孩仰著頭，看著眼前這巍峨如大樹、應該要守護他的父親，現在正用殘虐的眼神瞪著他，勒著他……

「怎麼樣？對你溫柔一點你就信了？給你個糖果就以為我是好人了嗎？蠢蛋！」男人一手扯著皮帶勒著男孩，另一手開始左右開弓猛搧男孩的臉頰，「叫你不准吃糖、吃！這麼愛吃，好吃懶做，除了吃之外你還會做什麼！」

「對不起對不起……」男孩哭得涕泗縱橫，他真的不知道該怎麼辦！

「你錯在哪裡？說！」男人將皮帶勒得更緊，「不許哭！我們家的男人不許掉眼淚！」

啊……男孩張大了嘴，氣管被扼住無法呼吸，痛苦得漲紅著臉，驚恐的望著自己的父親。

「幹什麼？你有怨嗎？你有恨嗎？」男人加重手裡的力道，「剛剛不是還笑得很開心嗎？嗄？棒棒糖好吃嗎？」

爲什麼……男孩眞的很想問，但是他現在只求能呼吸，氣管被掐住的痛苦讓他完全無法思考，在他覺得自己快死的時候，父親終於鬆開了手。

「痛嗎？很棒喔！會痛，才代表你活著啊！」

癱軟倒地的他，迎接的是毫不留情的拳打腳踢，他不知道自己今天犯了什麼錯，不知道哪邊做得不對……是因爲他吃了爸爸遞來的糖？還是因爲他接受了爸爸的溫柔？

他從來不敢問原因，只能逆來順受，人類總是學習得很快，再過幾年他也就不會再多問了。

他知道開口說話只會更慘，他學會察言觀色，但是想知道溫柔的爸爸是眞的還是假的實在太難了！前一刻溫柔抱著他玩的父親，下一刻會把他打得半死，也有過他摔破了杯子以爲自己死定時，爸爸卻淡淡的說沒關係。

賴明憲放棄了去尋找應對之道，他只要知道活過一天算一天就好了。

然後，他開始「教育」小動物們。

「來來！小金！」躲在樹叢後的他，悄悄的對著鄰居家的棕毛博美招手，博美認得他，開心的朝他這裡奔來。

一撲到賴明憲懷裡，他就開始又摸又親的，狗都知道誰對牠好，尾巴搖得猛烈，舔著他的小臉。

「看我給你準備了什麼！」他刻意左顧右盼，確定鄰居們還在聊天，從口袋裡拿出了已經剝掉包裝紙的巧克力，「這個很好吃喔！你一定會喜歡！」

小金毫不猶豫的就吞了下去，意猶未盡的舔舔舌尖，睜著可愛的雙眼望著他，眼底充滿渴求。

「再一個是吧！沒問題！」賴明憲又拿出另一顆巧克力，「要吃多少，都沒問題喔！」

狗的舌頭在他掌心上舔了又舔，他揉著博美的頭，笑容好滿足好愉快。

「你真的好可愛喔，怎麼這麼容易就相信人呢？」賴明憲蹲在地上，望著不停舔他手的小狗，「下次不可以喔！」

如果你還有下次的話……賴明憲輕輕的拍拍狗狗的背，「去！你主人會找你的！」

「小金！」果不其然，發現小金不在視線內的主人，開始呼喚牠了！

小金一臉幸福的看著他，搖著尾巴從樹叢中鑽過去找尋自己的主人，賴明憲發現自己眞的好愛那個眼神，那隻狗到現在還不知道他對牠做了什麼呢！

小金沒有活過那個星期，什麼病他也聽不懂，但他知道狗是不能吃巧克力的，這是某天他被打到站不起來時，癱在客廳一晚上時，電視裡就播著這樣的影片。

狗眞的比人笨多了，太容易親近、也太容易相信人！所以他們比鳥或老鼠都有趣，因爲會眞心的信任，這樣毆打牠們時，牠們眼裡流露出的錯愕才更精彩。像鳥的眼睛眞的太小，什麼都感覺不出來，折斷牠們的翅膀時也只會吱吱叫，一點意思都沒有。

他愉快的回到家裡，爸爸不會這麼早回來，踮起腳尖拿杯子裝了一點點水，小心的走到後陽台去；後陽台裡有一堆雜物，他小心的搬開那堆雜物，裡面藏了一隻手腳與嘴都被縛住的黑狗。

狗已經虛弱得叫不出聲，只是疲憊的看著他。

「渴不渴？餓不餓呢？」他故意拿著杯子在狗面前晃，狗狗吃力的想坐起來，他突然二話不說，抓起旁邊的東西，就往牠的頭狠狠砸下去，「誰准你起來的！」

「嗚……」狗狗痛得癱倒，恐懼之情溢於言表。

「你別想喝水！我有准你起來嗎？爛狗！笨狗！」他起了身，把杯子擱到一邊，開始對那隻狗拳打腳踢，模式與父親踢打他時一模一樣！「我沒說可以動，你就不可以動！」

狗狗淒慘的望著這個男孩，這個昨天還餵牠吃東西、抱著牠一起玩的男孩為什麼會這樣？牠在死前永遠都不會懂！

「其實你們不會懂的。」

男子吐出了煙，看著藍色的天空，低頭再瞧向狗籠裡的黑狗，他想起七歲時他殺掉的第一隻狗，也是類似的品種，他藏在後陽台上，活活把牠打死後，趁著爸爸不在家，用塑膠袋裝好，再抱出去丟掉。

他還記得是丟在隔壁鄰居家門前時，那天剛好與小金送急診同日，他們家兵荒馬亂，他就站在陽台上往下觀賞，看著他一次殺了兩條狗，兩隻都喜歡他又愛黏他的狗。

這感覺，是無比得意啊！

又吐出一個煙圈，伸腳踢踢籠子裡的狗，黑狗很驚慌，但是牠難以伸展四肢，因爲他把中型犬關在一個小型犬的狗籠裡，叫牠難以動彈。

「別這樣看我，可憐兮兮的沒有用，如果你以爲兩滴淚的求饒就會有用，我身上還會這麼多疤嗎？」賴明憲冷笑著，拿出蝴蝶刀，「我養你一週，讓你過舒服的日子，不會就以爲我是眞的愛你了吧？蠢貨！」

他笑著，動手在狗的四肢上都割開了傷痕。

「嗚嗚——」狗的嘴被綁住，悶叫哭著，但吠不出半個字。

賴明憲粗魯的再把狗籠轉向，朝狗兒背部也劃了幾刀，狗狗掙扎著卻無路可躲，看著紅血流下，這是賴明憲習慣的色澤。

「這幾天很熱，我們就來看你是先熱死？餓死？渴死？還是被動物咬死好了？」賴明憲將籠子好好放在地上，刻意把黑狗的腳拉出籠外，牠卻緊張的縮回籠子裡，「欸……算了，這籠子很軟，有心要撐開不是難事。」

他蹲踞在地上，愛憐般的與狗對看，那黑狗依舊凝視著他，淚水在眼眶裡打轉著。

「好痛，好餓，好渴，我都懂，我都經歷過啊！」賴明憲寵溺般看著牠的眼，「會說話的話，一定想問爲什麼要這麼對我呢？嘖嘖，好可憐喔！但我跟你說，你不懂，我也不懂……但我知道一件事，爲什麼老頭子每次折磨我時，都這麼愛看著我的眼睛了。」

因爲，那是種享受生殺大權的快感啊！

「嗚……」狗狗仍舊不相信，待牠這麼好的人會如此。

「我幾天後再來看你！」賴明憲伸手進籠，依舊溫柔的摸摸牠的頭，「你不會希望你還活著的。」

他起身，頭也不回的往上方走去，這裡是荒僻的山野中，他已經在這裡殺死無數條狗，附近除了車之外根本不會有人煙，任憑這些狗如何求救，也不會有人聽見。

他最高紀錄是餓了七天還活著，但狗好像沒那麼大的能耐……當然，扔在野外挨餓受凍是一回事，山裡有動物會來撕咬又是另一回事。

他筆直的往前走，他喜歡這樣走一段後，倏地回頭——「嘿！我就知道你還有期待！」

他已經忘記自己從何時開始，就沒有期待了。

黑狗的確仍在凝視著他，牠搖尾乞憐，乞求著憐憫與愛護……到底要到什麼時候，才會覺悟呢？

賴明憲開始哼起歌來，輕快的腳步帶著節奏的步伐，他知道世人會說他變態，但他無所謂，畢竟沒有那種他單方面被人掌控命運的份對吧？

從他打死第一隻狗開始，他就明白了，這一切都只是食物鏈的循環罷了！

老頭子打他、虐他，每每差點殺了他，他就找狗或貓，甚至其他動物，把這份痛苦傳遞下去。

因爲，會痛，才代表你活著啊！

巷道內，一台車上噴著「幸福寵物美容」的車子緩緩的靠邊行駛，以確定預約的地址是在前方那深棕大門前。

車子裡有數個狗籠，籠子裡裝滿了興奮的狗兒們，汪汪叫像是在交流似的，駕駛煞車回頭望向牠們時，還雀躍的搖著尾巴。

「好！安靜點喔！你們還有個夥伴！」

下車前，賴明憲刻意戴上鴨舌帽，朝著鏡子練習微笑，開門下車後，逕自按下了旁邊住戶的門鈴。

「汪！汪汪！」狗叫聲興奮的傳來，來人打開了門。

「欸，您好！」一個女人抱著狗走出來，「你是幸福寵物店嗎？」

「是的！就是這隻嗎？」他親暱的抱過了狗，「哎呀好可愛，你叫什麼名字呢？」

「牠叫豆豆。」太太寵溺的說著，這狗就像她兒子一般。

不過稱一隻牛頭犬叫豆豆，違和感還挺重的。

「好，豆豆！乖喔！我們一起去兜風！」他微笑著，抱著狗到車後座去，

太太還是不放心的跟過來，親眼看著他把豆豆擱進了籠子裡，豆豆有些疑惑，看著主人在外面是其一，其二是車後座還有不少其他狗呢！

「我讓豆豆自己一籠，請放心！」

「你都親自接狗啊，辛苦了。」太太其實覺得很欣慰，「但這服務眞的很便

利。」

「都在附近，一起接倒也沒什麼。」賴明憲客氣的說著，「那我就帶豆豆回去，幫牠洗澡、美容，晚上十點來接牠好嗎？」

「好的！謝謝！」太太連連道謝，這是在附近的寵物美容店，還願意親自來接狗眞是太方便了。

賴明憲遞給她一張單子後，笑笑離去，一上車就聽見犬吠聲不止，他也是不耐煩的扯了扯嘴角。

「安靜！」車子一啓動，他就在車裡喊著，「閉嘴啦！」

凶惡的吼聲讓一車的狗靜了下來，狗兒都是聰明的動物，聽得這帶有殺氣的吼聲即刻安靜，跟剛剛的可親截然不同耶！唯豆豆好玩好動，沒停個兩秒又在那邊汪汪的叫個不停。

「叫你安靜！」趁著紅燈時，他火大的轉身，拍打了狗籠。

結果不拍還好，一拍讓豆豆受驚，叫得更加慌亂，影響到一車的狗兒都開始狂吠不止。

賴明憲瞭解狗的習性，他也懶得再喊了，就是忍著一肚子怒火，趕緊回到店裡，把這些狗搬進店裡就是了。

選擇開寵物美容店是最能接近動物的方式之一，還可以光明正大的虐待牠們，手法當然得巧妙些，但是他很享受看見狗兒恐懼的模樣，看著牠們迫不及待的回到主人身邊，下一次卻還是得再來的眼神。

停好車，他下車搬過一隻又一隻的狗，今天這一批都是新客，所以籠子裡的狗兒們都雀躍又天眞活潑，看牠們那種與人親近的姿態，他不由得劃上微笑。

「我超喜歡狗的，因爲你們太相信人了！」賴明憲用親暱的口吻說著，「相信人的下場會是什麼呢？越信任受的傷才會越深喔！」

狗兒都很聰明，記憶力又好，在這裡受的傷，會深深刻在腦海裡與氣味裡，不管牠們如何掙扎，下一次都會再回到這裡來……看著他的眼神便會盈滿恐懼，但主人們卻依舊會笑咪咪的把狗遞給他，那種恐慌溢於言表，眞是太令人期待了！

「我這也是爲了你們好，讓你們知道不是每個人類都可以信任的喔！」賴明憲愉快的哼著歌，將每隻狗抱出來，先往其他籠裡放。

寵物店裡有許多動物，其他的「常客」都顯得異常畏懼，一見到賴明憲便瑟瑟顫抖，蜷伏在角落裡。

基本上過度畏懼的狗他沒什麼興趣，虐慣了也就乖巧，一點挑戰度都沒有，還是開發新客戶來得有趣。

「狗還是比人笨，要很多次才會到達這麼聽話的境地……」他喃喃唸著，「但人也是要到一定歲數，才會明白這些的吧？」

回到車上，最後一趟要搬豆豆，只是賴明憲探身進去，卻發現豆豆流了一位子的口水，濕了整個座墊。

「喂，還沒進店你就要逼我清車啊！」他不爽的推著籠子，籠子在椅子上滾了一圈，豆豆嚇得汪汪大叫，「叫什麼啊！閉嘴！」

他抽過一疊衛生紙擦拭著，豆豆在籠子裡上竄下跳，只是惹得他更加不耐煩。

「你這隻死狗！」賴明憲抓起籠子，提高幾公分又重重摔下，「叫你閉嘴……嘖！」

他氣急敗壞的擦拭乾淨，但豆豆口水繼續流淌，他搥了幾下座墊，抹去額上汗水時，突地靈光一閃。

他突然劃上和藹的笑容，將籠子溫柔的拿到靠窗之處卡好，得曬得到陽光才好嘛！

「唉呀，我好像搬完了！」賴明憲自言自語著，將車門關上。

這體感高達四十度的夏天，就放牠在車子裡慢慢享受吧！

他愉快的轉身入店，他不知道這隻狗能不能撐下去，如果撐得過算牠厲害，撐不過的話……他只要道歉、賠錢、裝可憐就行了！拜託，他是開寵物美容店的人耶，這麼有愛心的人，怎麼可能會故意虐狗？

再怎樣就一條狗命，狗命會有人命貴嗎？殺人都不會死刑了。

更何況，他只不過殺了一條狗。

豆豆沒有撐過盛夏的高溫，賴明憲在晚上七點，發現輪到豆豆美容時，才「想起」豆豆還在車裡，他把牠忘在車上了！慌張想起衝出店外，到打開車門抱豆豆出來，這套戲他演得很足，監控錄影都有拍到，包括抱出已經沒有氣息的豆豆。

飼主驚愕崩潰，他也是難受愧疚的道歉，他再三強調不是故意的，那天載的狗兒眾多，也不知道爲什麼就這樣把牠忘了！等到晚上要幫牠洗澡時才赫然發現，但爲時已晚。

失去毛小孩的飼主完全不能接受，賴明憲也承諾他一定會賠償，只是必須分期付款，他沒辦法一口氣拿出這麼多錢，他有店租要付、有許多開店成本，還要生活，但飼主卻歇斯底里的要他必須一口氣賠償三十萬元。

事情鬧到社群網路上，賴明憲表明了逼死他、讓他不能開店對飼主也沒有好處，無法開門做生意他就沒有錢，沒有錢怎麼賠！

飼主太太怒不可遏的說著豆豆是她的狗兒子，她養了整整七年，是她的家人，不只是一條狗！

但事實上……哼！賴明憲望著籠子裡發抖的狗兒們冷笑，「你們啊，就只是一條狗。」

今天如果悶死的是個小孩，他現在就在警局了，還會被以過失殺人起訴吧！問題今天不過就一條牛頭犬，所以咧？

「不要以爲自己多高貴？多厲害？你們的命很賤的！」賴明憲拿出一根手肘長的竹竿，上頭黏了根長又粗的針，就朝籠子裡刺，「躲？你敢躲！」

「嗚……嗷……」他拿針往狗的身上刺，狗兒在窄小的籠子裡沒有多少躲藏的空間，只能任那針在自己身體裡胡亂刺著。

「很痛吧？活該你落在我手裡！」賴明憲邊說再扎了一下，「你得跪下來求我啊，求我放過你，懂嗎？」

店內的監視器早關了，這一區是死角，他專門虐待動物的專區。

這隻戳完，再去戳下一隻，店內瀰漫著恐懼的氛圍，與狗兒痛苦的叫聲，但賴明憲手裡的動作沒有停過，就跟當年他哭得再淒厲，父親也不會停手是一樣的道理。

「唉，那飼主太太也眞麻煩，咬著我不放，一隻狗值得三十萬嗎？還要我一次付清？我就算拿得出來也不會拿！」賴明憲沒料到事情會鬧這麼大，這幾天客戶少了很多，「我還是得想個方法漂白。」

將帶針的竿子收進上鎖的抽屜裡，抽屜裡滿滿的虐狗刑具，他當然有一套虐狗卻不留大傷的做法，這都托父親的福，他可是用身體親自感受、覺悟並研發出來的。

上鎖後打開手機，決定再發一篇文情並茂的道歉公告，再順便汙衊一下飼主太太，人們都會不問是非的同情弱者，他只要繼續裝弱小，把飼主一家塑造成得理不饒人的姿態，世人的是非觀就會立即扭曲了，小菜一碟。

飛快的打上可憐的字樣，網友們果然也是覺得他有誠意要解決就可以了，要飼主不要咄咄逼人、欺人太甚。

看，很多事都是錢可以解決的，不能解決的關鍵，也只是在於數字多寡罷了！只要很有誠意的要還錢，就沒什麼大問題。

只是啊……他環顧著一屋子恐懼的動物們，開店的成就感在於看著動物們即使記得他、畏懼他還是得進店，還有施虐不被發現外，卻失去了那種掌管生命的感受。

客人送來的動物都不能死，這真的太無趣了。

「這樣不行，我會悶壞的。」賴明憲喃喃自語的起身，他得去外面溜噠溜噠。流浪動物這麼多，要找幾隻來殺殺並不是什麼難事，他要找一隻倒楣鬼來玩玩！下定決心後，賴明憲關店騎上機車，開始到附近尋找目標。

凌晨一點多，他在一個小巷子裡找到小貓，這些小貓他之前就有留意，剛出生沒多久，不經世事，就像什麼都不懂的孩子；他打開貓罐頭誘惑著貓兒，牠們總是很乖巧的上前，開心的吃著食物。

他總會溫柔的撫摸著牠們，牠們也會陶醉般的享受這樣的撫摸，以爲這個餵食物的是大好人，或許可以成爲依賴的對象。

他以前也都是這麼想的，賴明憲看著貓，劃上的是嘲諷的冷笑。

傻，眞的太傻了！

賴明憲冷不防的掐住小貓的頸子，驚恐萬分的小貓掙扎卻無濟於事，牠連痛苦的喵叫聲都發不出來，貓眼直勾勾的看著賴明憲，帶著恐慌與不解。

「懂了吧？越親的人越殘忍，誰叫你要這麼容易相信別人！」賴明憲嘲弄的看著掙扎間的小貓，「給你點好處就以爲我是好人了喔？蠢！看看，你即將要死在這個對你溫柔親切的人手上囉！」

賴明憲緩緩加重了手裡的力道，小貓痛苦的掙扎，賴明憲與之深深對望，他總是想著，如果動物們會說話，最後一句會是什麼？

爲什麼？

這是廢話問題，沒有爲什麼，他老子到死都沒有說過當初爲什麼要這樣對他啊！

大概，就是種純粹的厭惡，或是純粹的喜歡虐待他吧。

就跟他喜歡感受生命在手中流逝的感覺一樣……賴明憲加重了手裡的力道，眼神閃過殘虐的欣喜，直到小貓停止了掙扎。

「呼……」他吁了口氣，覺得連日來的壓力都獲得釋放的暢快感。

連好好處理都懶，隨手把貓往原本的暗巷裡扔去，他可沒收集或欣賞屍體的習慣。

唉啊，伸個大懶腰，臉上浮現出吃太飽的滿足神情，一整個神清氣爽。

重新跨上機車，今晚總算可以睡個安穩的覺了！

機車在黑夜中馳騁，想著明天要更加兢兢業業的工作，遇到信任他的客人不能抱怨，要誠心認錯，這樣大家便會更站在他這邊。

對，風向太好操控了，只要表現出「得體」、「誠意」，大家就會覺得沒必要再追殺他；即使口口聲聲說是狗兒子，但跟真人死掉還是兩碼子事。

黑暗的路邊，突然間衝出了一條狗！

「幹！」他嚇得扭動龍頭往旁邊去，機車瞬間失去平衡，直接倒了下去。

機車直直往前衝，磨著地面迸出金色火花，他戴的隨便安全帽也跟著飛了出去！

在黑暗倉惶與恐懼，他瞬間失去了意識。

「汪！」

他是在震動中醒來的。

初醒來時頭還是很痛，他想起了自撞的經過，想起突然出現在路上的狗，才害得他摔車。

「該死的畜牲！」賴明憲忍不住低咒著，舉起手要撫上頭，手肘卻立刻碰到了阻礙。

咦？賴明憲發現自己蜷縮在一個極窄小的空間裡，人是蜷成一團的，他試圖起身卻立刻撞到了東西，立即伸手觸摸四周……不是牆，是冰冷的鐵條，他的手指可以穿過這些縫，但是這裡非常非常的狹窄。

不會吧？他聯想到熟悉的物品，緊張得每一面都想碰觸，幾乎在幾秒內確定了他所在的地方是哪裡！

籠子！他在一個籠子裡！

「喂！搞什麼！」隨著震動，他知道自己在一台車上，「放我出去！」

四周雖是漆黑，但偶爾經過的路燈卻能照亮片刻，他的的確確在一台貨車上，光是從窗外照進來的，他連翻身都沒有辦法，只能以這個姿勢縮在籠子裡！

這是怎麼回事？他不是車禍了嗎……啊！

「喂，如果我撞到你了，你可以叫警察啊！把我關在籠子是什麼意思？」他大聲吼著，車子行經陡陂，他在籠裡震得難受，「哇！」

『歡迎搭乘制裁列車。』聲音，是從他背後傳來的！

近到讓他大叫，但再驚嚇他能動的範圍有限，逃也逃不掉。

『本列車將對您所做的惡事進行制裁，本單位已進行詳細調查，做到勿枉勿縱。』

這聽起來制式且冰冷的聲音，好像是從播放器中傳出來？他伸手往背後探去，果然在籠外摸到了一個綁在上頭的藍芽喇叭。

「救命啊！喂——救命啊！」他抓著籠子喊著，但車子依然沒有減速的意思。

腳麻了，蜷得痛苦，他摸到了鎖頭卻無能爲力，那是鋼製鎖，根本扯不開。

不知道過了多久，他迷迷糊糊中感覺車速驟減，夜晚氣溫還是很熱，這個夏天不管白天黑夜大家都難熬，而且四周杳無人煙，感覺不在市區。

車子終於停了下來。

「喂！放我出去！你這是綁架！你想做什麼？」他抓著籠子搖晃，大聲嘶吼著，就希望有人能聽見。

有人下了車，甩上車門，接著後車門敞開了。

「幹什麼幹——」他慌亂的想看清楚什麼，但是一塊防水布突地蓋在籠子上，他完全措手不及，「有話好商量，我到底做錯了什——哇啊啊啊——」

話沒說完，籠子就被扔了下去。

眞的是扔下去的，他在籠子裡難以伸展，卻是一路滾落，咚咚咚的又摔又撞，石子透過籠子縫隙敲到他的身體與四肢，全身都有擦傷撞傷，痛得他癱在籠裡哀鳴。

籠子終於停了，防水布已經在半路不知道散到何處去，他也看到了外面。

一輪明月就在正上方，散發著明亮但柔和的光暈，樹木高聳隨風搖曳，他人明顯的在戶外……山裡！

這是怎麼回事？他全身疼痛，試著想看到上方的車或人，四周卻完全沒有聲響。

「有沒有人啊？救命！救命啊……」

有沒有人啊？救命！救命啊……山裡傳來迴音，將他的話還了回來。

「喂……有沒有人啊……」

時間不知道過了多久，他已經沒有任何時間觀念了。

賴明憲痛苦的皺眉，他全身都很難受，豔陽高照，他已經好久沒吃東西也沒喝水了，昏睡後又醒來，過一會兒又體力不支的昏睡，現在只感到好渴，他眞的好渴，好想喝水啊！

他人在某個山裡，這附近毫無人煙，就算偶有車聲經過，也在上方，而且離他有好長一段距離。

到底爲什麼，是誰綁架了他，把他扔在這裡的？

他被關在狗籠裡，無水無食物，只能這樣蜷著，勉強更換姿勢都困難，彷彿他的腳都要因血液循環不良而廢掉了；可是身體的姿勢無法變動，他的肌肉已然僵硬，而摔下來的傷口好像也發出了臭味。

是誰……是誰這樣折磨他？

那晚那個制裁列車的聲音是什麼意思？他探過那個喇叭，已經不在了，因爲摔下來時撞碎了，就在數公尺外的地方，還有著一半的殘骸。

突然間，腳底那邊一陣濕濡，他嚇得踢了踢腳。

「哇啊！什麼！」

努力的想要探頭看去，卻立即聽見了熟悉的呼嚕聲……等等！不會吧！

曾幾何時竟跑來了幾隻野狗，牠們打量著他、張大著嘴流著口水，彷彿在看一塊鮮美的肉。

「走開！滾——」他氣得伸手抓起籠外的小石頭，朝狗兒們扔去，終歸是以卵擊石。

「汪汪！汪！」狗兒們開始吠叫，試探著這個人的危險性。

很快的，牠們就發現，這個人沒有任何威脅，甚至無從防禦，姿勢被固定住的他，完全無法閃躲狗兒們的攻擊！

冷不防的，他的腳踝被咬住了！

「哇啊——走開！走開——」他想踢開，但是他哪來這麼多空間？背部那發臭的傷口上，突然有條靈活的舌頭也舔了上來，嚇得他試圖直起背，恐懼發狂的大吼著。

然後，餓極的狗開始用牙，撕咬下他身上的肉。

「啊啊啊——哇——救命！救命！」

撕心裂肺的慘叫聲傳來，但山谷也只是將原話送還給他：救命！救命！救命命命……

遠方高處的車子呼嘯而過，沒有人發現他。

直到鮮血溢流，引來更多的動物，他癱在籠子裡，已經毫無反抗的能力了……太陽刺眼的高掛在頭頂，現在是正中午，恐怕有超過四十度的高溫，正烤曬著他。

飢渴難耐，加上被活活撕咬傷口的痛楚、現在又被炙陽曬烤，他的意識已經漸漸遠去……好痛……眞的好……

原來，那些被他關在籠子裡的狗，臨死前也是這樣的感受嗎？呵……呵呵……

突然間，狗兒受到什麼事物的驚動般，紛紛往外逃去，他有氣無力的往旁看去，彷彿看見了人影。

足音、防水布再度蓋上，他感受到自己竟被輕而易舉的抬起，沒幾步路後，他被推進了車子裡。

防水布揭了一角，他伸手扯下，看見後頭那兒的人影，不由得伸長了手，張嘴想求救，卻什麼都說不出來。

水……他想喝水……

人影逕自將車門關上，他虛弱的擠出一絲笑容，他……他獲救了嗎？有人發現他了嗎？

窗外的陽光好烈，直接射在他身上，車內的溫度越來越高，他被啃咬的傷口益發疼痛……吃力的舉起手想搖晃籠子，爲什麼車子還沒開動？

「啊！」手一碰到籠子就像被燙到般，他縮回了手，好燙！

太陽竟然如此的高溫，身體所剩的水分不多，他現在卻汗如雨下……啊啊，他突然驚覺到不對勁，車子是不會開走的，他現在就像是在烤箱裡啊！

「不……誰……是誰……」他連喊都喊不出聲了，虛脫的看著刺眼的太陽。

沒有人來救他，而是要送他上路的嗎？

爲什麼……這一切都跟他對狗做的一樣，但是那不過是一條狗而已！

他會餓死？渴死？痛死？還是被烤死？

「哈……哈哈哈哈……」賴明憲忍不住笑了起來，「哈哈哈哈！」

他終究無力爲自己的命運抗爭，這種折磨他懂了、他受了，但至少是個頭了吧？

賴明憲漸漸的感受不到痛楚，眼睛再也睜不開，可是他卻泛起了淡淡的笑容。

終於有一次的疼，是有終點的。

會痛，才代表活著……不會痛的話，眞好……

『**沙沙……**』聲音不知道是哪裡發出來的，迴盪在車子裡，『**謝謝您搭乘制裁列車，本列車已制裁完畢。**』

溺水的孩子們

幾個孩子靈巧的在不平的路上奔跑著，來到一間簡陋的住家門口，這住家是以鐵皮屋搭建的，是個勉強能遮風擋雨的地方。夏季天熱，大門就此敞開著，孩子們朝著裡頭張望。

「小芳！」其中一個孩子喊著，「小芳！」

屋裡正在看書的女孩聽見朋友的呼喚，即刻扔下書本，朝著門外走去，一旁小一歲的弟弟見狀，立刻屁顛屁顛的也跟上前去。

小芳一出門，看見的是同學們，開心不已。

「怎麼了？」

「我們去玩水！」均均興奮的招手，「太熱了，我們都要去溪邊玩！」

「呃……可是……」小芳遲疑著，因爲爸爸不在家啊！

她左顧右盼，轉頭看著跟出來的弟弟，爸爸叫她看著兩個弟弟的。

「等我一下！」她回頭抓起弟弟的手，牽著回到家裡去。

「我也要去玩。」弟弟聽見玩，說什麼都要跟！

除了六歲的這個弟弟佑佑外，床上還躺著一個兩歲的小弟弟，她不可能帶這麼小的孩子去溪邊玩水的啦！

「聽話，佑佑，姐姐去一下就回來，現在你當大哥哥，你要照顧弟弟知道嗎？」小芳叮囑著，那六歲男孩哪聽得進去啊。

「我不要，我也要去玩水！」他嚷嚷起來。

「聽話！我是姐姐，要聽我的話！」小芳學大人的口吻嚴厲起來，「如果你聽話，下次雞蛋糕我多分你一個！」

聽見愛吃的雞蛋糕，佑佑雙眼亮了起來。

那是他們家的奢侈品，如同魚翅燕窩般的存在，因爲那要爸爸領薪資那天，才會買一袋，他們才能吃上一顆或兩顆。

這誘惑太大了，佑佑二話不說就點了頭。

「我會在爸爸回家前回來，如果來不及，就說我跟均均他們去溪邊了。」小芳倒不怕被罵，因爲他們家旁邊就是溪啊！「我很快就回家！」

佑佑用力點頭，現在說什麼他都沒問題。

「但你要好好照顧小弟弟，他什麼都不會，會亂弄東西……」小芳看著沉睡的孩子，還是有點擔心。

「好。」佑佑依舊是自信滿滿。

小芳帶著幾分憂心，但玩樂凌駕於一切，所以便跟著同學出了門，臨走前還不忘把門給關好。

屋裡的佑佑滿腦子都在想著雞蛋糕，下一次他可以多吃一個耶！嘻！

小芳家距離溪畔不過是三分鐘的距離，這裡的孩子大家都住附近，全都深諳水性，雖然家長都叫他們不要隨便下水，但小孩子哪有可能聽話？

「我媽說最近好多遊客來玩喔！」小胖挪動著一點都不笨重的身體，大家開始在溪石上跳著。

他們位在比較上游之處，見著下方果然一堆人，本來大家平時都在那邊玩的，現在看起來也沒他們的位子了。

「我們去上面那邊好不好？」均均提議著，指向上頭約莫一公尺落差之處。

一票孩子們欣然同意，大家想去的地方位在這對岸的上游處，大家只要踩著溪石就能上去，對於打小在溪邊長大的他們而言，簡直輕而易舉。

孩子們魚貫踩著溪石走著，到中間溪水深時，大家便游過去，直到對岸踩到石頭後，再陸續往上爬，爬到上方的落差處。這兒大石頭很多，還有圍成一個圈像私人泳池之處，孩子們便開始在這兒戲水玩耍。

唰！一個黝黑的男孩率先冒出水面，上頭計時的均均大喊著，「你太快了吧？」

緊接著一個一個同學才探出頭來，直到最後一個……同學們有點擔心，小芳憋氣也憋太久了吧？

「小芳？」石上的均均站了起身，開始努力往水裡瞧，「小芳？她潛到哪邊去了？」

「小芳！」其他同學也害怕起來。

說時遲那時快，在中段的溪水中，小芳唰地冒出水面，「哇——」

她大口喘著氣，呼吸新鮮空氣，所有人一時看傻了。

「幾分？」小芳朝石上的均均喊著。

「喔……喔喔！」均均連忙看錶，「兩分鐘耶，妳好強！」

「嘿嘿！」小芳得意得很，同學們紛紛報以歡呼，這是她的得意項目，水中憋氣可以憋很久呢！

孩子們又玩了一會兒，小胖突然發現有魚在身邊，想要徒手抓，但魚身那麼滑溜，豈有這麼容易？所以孩子們開始脫衣服，準備拿衣服當網子，打算把魚撈起來。

「我去上面找！」小芳喊著，便溯溪而上，想到石頭邊看看有沒有魚。他們家沒錢買肉，要是能抓到魚的話，爸爸跟弟弟一定很開心！女孩靈巧的往上爬著，在溪水中潛入、冒出，魚兒比想像的難抓多了。

再往邊邊去，都是小魚，那種刺好多又沒肉……

啪！一陣水花引起了小芳的注意，她回過頭，是大魚嗎？張口大吸一口氣，她抓著衣服潛了下去。

下方的夥伴們相互支援，均均好不容易撈到一條，結果一舉離水面時，魚掙扎著便跳回水裡，所以大家提議把衣服綁在一起，編成大一點的網子好了。

「小芳！」均均扯開嗓子朝上頭大喊，「我們要用大網，妳先下來！」

高低落差的緣故，在這裡他們是看不見上面的小芳的，即使踩在石頭上也一樣。

喊完後均均便跟大家一起坐在石頭上綁衣服，討論著中間不能有空隙，不然等等魚也從這邊滑走了怎麼辦！

不知道隔了多久，大家才留意到小芳怎麼還沒回來。

「小芳？」同學們開始輪番叫喚，「小芳？」

「不要鬧喔！」均均想起她的憋氣功夫，開始往周遭的溪水裡查探。

但他們這幾段落差都大，溪水衝下易激水花，雪白一片也難見著溪底。均均盯著手錶，已經超過兩分鐘了，小芳沒有憋這麼久過。

「小芳！」大家有些害怕的喊著，但小芳還是沒有回應。

從孩子的呼喚，乃至於大人的呼喚，回到家中的父親得知女兒跑去跟同學戲水後，相當忿怒，她怎麼可以把兩個弟弟留在家裡呢？才準備出門去找人，卻在門外遇到了慌張的鄰居叫著：「你的女兒不見了！」

男人牽著佑佑，抱著弟弟來到了溪邊，一堆鄰人都已經幫忙在找尋女兒的身影了。

「我不知道……她說要上去抓魚的……」均均跟幾個孩子哭得淅瀝嘩啦，「但是她一直沒有回我！」

不不……男人激動的往前，「小芳——小芳！」

被甩下的佑佑這時還懵懂無知，他不知道發生了什麼事，只知道大家在找姐姐。

他也不知道，從今以後，他永遠都能多吃一個雞蛋糕了。

拖著疲憊又沉重的步伐，男人茫然的走在路上，他腦子一片空白，連思考都覺得累。

今天又沒有找到工作，撿的回收換不到二十元，孩子已經好幾天沒吃飽了，救濟金早已花完，上星期才去跟里長借過錢，他現在眞的開不了口。

是不是去山裡找點野菜吧，至少讓孩子塡飽肚子？他記得還剩一點米，就加一堆水，煮的米湯喝到飽也行……否則，他也無能爲力了。

少了一個人吃飯，日子並沒有比較好過。

他突然想起了孩子的媽，那女人倒是乾脆，拋下三個孩子說走就走，好歹也要付個什麼撫養費吧？他一個男人，怎麼有辦法帶大三個孩子？

思及此，他止了步，對！那女人也該負點責任的！

調轉龍頭，他跨上腳踏車騎下山，一路下坡比上坡輕鬆許多！他當然知道那女人在哪裡，現在一定在那個姘頭那邊！早在他們還沒離婚前，她就已經跟別的男人在一起了，別當他瞎，他只是爲了孩子不說破！她倒好，破罐子破摔，被揭發後也不管孩子們哭得多傷心，頭也不回的就走了！那時小芳都已經跪在地上，哭喊著媽媽不要走，那哭聲至今回想起來，他都會心痛啊……

小芳啊，男人忍不住滑下淚水。

去年夏天，小芳在四天後被找到，她被衝到下游去，卡在石縫中，找到時因爲被水沖刷數天，已經開始腐爛了！死因是溺斃，殘破的身體與破裂的頭顱都是被溪石撞的。

里長本來要協助他辦理保險金，這樣他們家日子也能好過一些……天曉得什麼叫保險？他要是有錢繳保險金，他不如先把錢拿來餵飽三個孩子吧！

所以小芳沒有保險，沒有保險金可以領，誰都無法過上好日子。

腳踏車在一間美髮院前停下，男人不管身上的邋遢與臭味，直接走進了店，讓小妹一眼趕緊擋上。

「老闆，你要洗頭嗎？」小妹忍著衝鼻的酸臭味。

「我找陳慧敏啦！」他咆哮著，一屋子的客人個個都心慌起來。

正在後頭幫客人洗髮的陳慧敏一怔，這聲音不是她那個沒用的前夫嗎？才在質疑，立刻有其他設計師掀簾探頭進來，朝她比了個手勢。

她來。

「好，不好意思喔，我去處理一下事情，我請別人幫妳洗喔！」陳慧敏客氣的說著，趕忙沖掉一手的泡沫。

躺在上頭的客人也相當不安，外頭的叫囂是怎麼回事？

陳慧敏掀開簾子，一眼就看到了站在門口的男人，瞧瞧那身破爛衣服，白襯衫硬是可以穿到黃漬油垢滿佈，蓬頭垢面，一瞧就知道又不知道幾十天沒洗澡了。

「你來做什麼？」陳慧敏趕緊上前，還沒靠近就聞到他身上的臭味，「厚！我拜託你洗個澡好嗎？你住水邊耶！」

洪辰南才要開口，就被陳慧敏推了出去，怎麼可以讓他妨礙店家做生意！

「妳幹……妳幹什麼！」洪辰南氣急敗壞的嚷著，「幹嘛把我推出來，我要讓大家看看妳是多爛的女人！」

啪！餘音未落，火辣一耳刮子就打上了洪辰南的臉頰。有別於適才在裡頭的輕聲細語，陳慧敏下手可沒在客氣的。

「你來亂什麼？我跟你已經離婚了！」陳慧敏雙手抱胸，不耐煩的說著，「說好不再連絡的，你三天兩頭往我這裡跑是怎樣？」

「離婚就可以不必對小孩負責嗎？佑佑跟孩子都要吃飯，妳這個媽怎麼可以這麼狠心，把他們扔下不管？」洪辰南也不拐彎抹角，「我們好幾天沒吃飯了！」

爲了孩子，他肯拉下這個臉來拜託她，但是陳慧敏卻只是上下打量了他一圈，自鼻孔發出嘲諷的冷哼。

「看看你這模樣，我就會覺得我當初離婚眞的是離對了！」陳慧敏不停的搖頭，「嘖嘖，成事不足敗事有餘，連孩子都養不起的男人，我還敢奢望他養一個家嗎？」

「閉嘴！」洪辰南怒吼著，「家是兩個人的，不共同經營怎麼能算家？」

「我沒共同經營嗎？當初硬要我生下來的是誰？而且我在家照顧孩子，打掃家裡、整理家務，我每一樣都做到了，但你能給我什麼？我在時大家沒吃飽過，我不在了你還是沒讓孩子吃飽！」提起這個陳慧敏就有火，「還把小芳弄死了！」

「那是意外！」這挑動洪辰南的敏感神經，忍不住怒吼，「她不該去玩水的！」

「都一樣，連孩子都顧不好！現在就你們三個人，你也沒能讓剩下的孩子吃飽！」陳慧敏簡直忍無可忍，「孩子跟著你眞可憐！」

「那妳拿去啊！」洪辰南衝口而出，「妳爲什麼不把孩子接走？」

每一句都要回嗆的陳慧敏突然語塞，她心虛的閃爍著眼神，不敢接洪辰南的話語。

「我還年輕，帶著孩子怎麼找下一段幸福！」她扯扯嘴角，「我去拿錢給你——但是下次不要再來找我了，你的孩子自己負責！」

「他們也是你的孩子！」洪辰南強調著。

陳慧敏嘴角抽著冷笑，「我很後悔生下他們。」

後悔當年太年輕就墜入情網、後悔遇到洪辰南、後悔一時腦抽就結婚、後悔什麼都不會、沒有經濟基礎就生下什麼愛的結晶！

根本是拖油瓶！而且孩子也不幸福，這個世代還有人三餐不繼，那得多可憐啊！

只是陳慧敏才轉身要進店裡拿錢，一隻手卻突然擋住了她，她吃驚的看著到來的男人，突然緊張起來。

「升仔！」她拉住了男人，「別這樣，店前面呢！」

升仔是陳慧敏的現任男友，也是這間美髮院的老闆，不爽的叫她先進店裡，不許出來。

「是個男人就好好養孩子，不要老是來找女人要錢！」升仔鄙夷的打量著洪辰南，「要不要臉啊你！」

「那也是她的孩子！」

「孩子是你要的，要就自己留，不喜歡就丟到育幼院去啦！」升仔警告並逼近他，「現在陳慧敏是我的女人，我沒有要養她什麼孩子，我們會有自己的孩子，你最好給我滾遠一點，不要再來找她！」

「她的孩子，她也有責——」磅！餘音未落，升仔二話不說就是一拳。

洪辰南整個人被打到撞上廊下的機車，升仔不客氣的連揍了好幾拳，直到洪辰南倒在地上蜷縮著。

「不准再來找她！」臨了，再補踹了一腳。

洪辰南抱著肚子在廊下打滾，陳慧敏有些擔心的想出去查看，卻被男友阻止的往樓上帶去。

洪辰南不管他人眼光的躺在地上，人生為什麼這麼痛苦？死了多好……這種日子他還要再熬幾年？

如果一個人自己過活，就不會有這麼多事了對吧？他不必這麼累，孩子也不必受苦……

如果……

「來，佑佑，你在這裡不要動喔！乖乖在這裡等爸爸！」

清澈見底的溪流中，洪辰南抱著男孩涉水而行，放到一塊大石頭上，讓孩子站好，再塞給他一袋雞蛋糕。

「哇……」佑佑看見雞蛋糕，嚇了一跳，他獨享嗎？「爸爸要去哪裡？」

「我們好久沒吃肉了，你跟弟弟都想吃吧？爸爸去捕條魚，晚上我們加菜吃！」洪辰南用著清瘦的手，摸了摸孩子的臉頰！

「哇！魚好，佑佑想吃魚！」佑佑用力的點了頭。

他們家很窮，每天都只能吃野菜，偶爾有阿伯送便當來時，才能吃到好吃的肉或是飯！

他其實真的很餓，學校的營養午餐他也付不起，老師都說他太瘦了，必須多吃一點……但是他沒辦法多吃一點，有時一個麵包，爸爸還會掰成三塊，一塊給弟弟、一塊給他、一塊爸爸吃。

但是他沒關係，只要大家能一起吃飯，他覺得什麼都好吃。

「那爸爸去捕魚了，你要在這邊乖乖的喔！」洪辰南再三交代，親暱的摸了摸佑佑的臉頰。

佑佑用力點了頭，像一種保證，其實他很怕水，站在溪水中的石子，他哪敢下去！

父親突然凝視了他好一會兒，帶著點依依不捨，這才轉身去捕捉溪裡的魚。

佑佑拿起一顆雞蛋糕，這種珍饈佳饌，他一小口一小口的慢慢品嚐，可以的話，他還想留給三歲的弟弟小佐……還有姐姐。他很想姐姐，但姐姐之前去玩水後，就沒有再回來了……佑佑偷偷抹著淚，他其實沒有那麼喜歡吃雞蛋糕的，姐姐回來的話，他還是可以還給姐姐的。

嗯？佑佑一回神，卻發現爸爸不見了！

「……爸爸？」他緊張的站了起來，網子還在，爸爸呢？「爸爸！」

佑佑開始緊張起來，他站在石頭上不停的左顧右盼，就是沒有看見爸爸的身影……大家都說姐姐去捉魚後被帶走了，那爸爸也會被帶走嗎？是不是不能吃魚，那以後他都不抓魚了，他——

一股力量突然自後面襲來，佑佑根本不知道發生什麼事，整個人跌進了水裡。

水流聲淹沒他的叫聲，白色的水花裡激出了血紅色，這下面全是溪石，他掉去的瞬間便撞上了石頭，水勢的湍急沒給孩子太多機會，即使有，小小的孩子不會游泳、也抓不住任何東西，就這麼被沖下去了。

嘩啦嘩啦，這山澗之中只有綠樹青山與溪流，嘩啦嘩啦，男人從五公尺遠之處露出水面，大口的換氣，順道回過了頭。

「……佑佑？」他怔然的站在水中，「佑佑？佑佑——」

洪辰南慌亂的走上前，再入水游到那該有孩子的石頭上，現在卻沒有任何人影了！

「佑佑——佑佑——」

佑佑佑佑……

迴音在山谷間迴盪，佑佑終究是聽不到了。

數小時後，溪邊再度聚集了搜救人員，鄰里也都前來安慰這個可憐的父親，他懷裡抱著年幼的小佐，已經哭得說不出話來。

「我要捕魚，我們沒錢吃飯了，我想抓魚去賣，換點錢……也讓孩子有肉吃。」洪辰南連話都說不全，「我叫他待著的，我就去捕個魚，捕到了我們晚上……有魚吃！」

「他離岸邊多遠？」警方問道。

「我讓他站在樹下不要動的。」洪辰南指向岸邊的一棵樹下，「叫他坐在那裡，然後我等等就上來。」

「這個孩子呢？」警方問向懷中的小佐。

「啊那個太小，佑佑也不會顧，我幫他顧啦！」均均媽媽主動開口，「顧這個還好，佑佑很黏爸爸，說要跟爸爸去釣魚！」

洪辰南不停的抹著淚，「我說過水邊危險，不讓他跟，但是他……他就一定要黏著我！」

「唉，也難怪啊，佑佑沒什麼安全感，去年小芳才發生那種事……」均均媽媽蹙著眉，也是無奈。

「誰？」

「喔，他大女兒，去年玩水出事。」管區當然認得洪辰南，剛剛一聽到報案地址心就涼了，朝溪水瞥了眼，「也差不多這附近。」

「這裡落差大、暗流也多，一般我們不讓小孩下水玩！」鄰里幫著說話，「但是下水的是阿南，就沒關係……誰知道小孩子會……」

「我一再跟他說不能下水！跟他說姐姐就是這樣被帶走的，他都跟我說好的……明明約好的……」洪辰南說到一半，又話不成串。

警方也不忍再問，相差一年，兩個孩子相繼都在這條溪中出事，有幾個家長能挺得住？管區抬頭看天，天色已晚，依照這種水勢，那男孩除非水性很強，或是幸運被沖上岸，否則……

只能再往下游找了。

「我們會再搜索的，你要不要先去休息？」警察關切的問，「你還有一個孩子，至少讓他先吃飽。」

「我來我來！」里長喊著，「阿南，晚餐我幫你張羅！」

懷裡的小佐像是聽得懂似的，剛好嚎啕大哭起來。

只有這種時候，里長會顯得格外熱心，至少今晚可以飽餐一頓。

「可是……」洪辰南望著越來越暗的水面，「佑佑……」

「有事會跟你說的！水這麼急，我們要往下游去找了。」警方實話實說，拍了拍他，「先把小的顧好！」

「來啦！」里長推過了他，「孩子都哭得這麼大聲了。」

男人邁開沉重的步伐往前走，鄰里們忍不住交換眼神，竊竊私語，這條溪真的掉下去，只怕凶多吉少了。

「每年在這裡少說都要十幾人。」

「嘿呀，系供孩子真的不能離開視線！我以爲佑佑怕水捏！去年小芳才出代誌！」

「丟啊！結果可能還是想要去找爸爸啦！」

「唉唷！我就說放我家就好了！」均均媽媽感嘆著，其實她那時覺得最好帶走，她一個人顧不了這麼多孩子。

但早知道會出事，她也寧願再多幫忙顧一下。

依照水流判斷，搜救人員開始往下游搜尋，而且有經驗者表示，或許直接到去年小芳被尋獲的地方去看看。

隔天一早出動了空拍機，拍到了疑似有孩子的區塊，但是去找卻發現只是誤會一場，大家繼續擴大範圍的搜索，最終在下方一條的石縫中，找到了小小孩子的屍體。

佑佑狀況比去年的小芳慘，他撞到的溪石太多了，一樣的頭破血流，全身多處骨折，扭曲得不成人形，死因也是溺斃。

黃色的冥紙再度在空中撒去，招魂的響鈴聽來格外淒涼，一年之中單親父親遭受兩次喪子之痛，甚至還在同一個地點、同樣的死因，都不知道是巧合，還是冥冥之中有些什麼在運作。

這一次，里長還是照例來問保險的事情，洪辰南抱著骨灰罈淒苦的笑著，老話一句，飯都吃不起了，買什麼保險！

「阿南！」小胖的父親在門外喊著。

「啊，進來！」他正在泡牛奶給小佐喝。

桌上擺了一堆奶粉，佑佑的死訊上了新聞後，大家都知道他這個淒慘的父親，有些單位主動捐物資過來，至少孩子還有奶粉跟餅乾能裹腹。

小胖的父親步入，手裡拿著一盤肉，「我老婆煮多了，這種天放了容易壞，請你幫忙吃一下！」

洪辰南看著那盤肉，神情複雜，他知道鄰居是拐著彎在幫他。

「肉！肉肉！」小佐見到肉，開心得跟什麼一樣！

「謝謝……」洪辰南顫抖著手接過盤子，一切盡在不言中的他，強忍著淚水。

「沒事！沒事，我才要謝謝你好嗎！」小胖父親說著，「多給孩子吃一點，小佐太瘦了！」

洪辰南連連點頭，還是忍不住落了淚。

「啊，沒事啦！」小胖爸拍拍他的肩，「對了，有地方缺工，你要不要……」

「好！我要！」洪辰南立刻回應，只要有工作，做什麼都行！

「好好好，也是幫忙清理一下蚵架、旺季時收個蚵，我想說魚船魚筏你都會！」

「我會我會！」在水邊長大的他，什麼船類都會開，更別說小小魚筏了！

「好！等等跟你說幾點，我順道載你去！啊小佐你放心，放我家也行！我老婆可以幫你顧啦！」

「謝謝！謝謝謝謝謝謝！」洪辰南腰彎得老低，簡直都快跪下了！

「唉，不要那麼客氣，就互相幫助！」小胖爸爸同情心起，阿南的人生過得實在是太苦了。

送走小胖爸，洪辰南突然覺得人生充滿希望，回頭趕緊打開那盤肉，但還是很節制的分配數量，抱起兒子坐在桌邊用餐。

「一小口一小口吃，這是小胖爸爸給我們的。」洪辰南摸摸孩子的頭，有幾分心疼。

孩子餓壞似的狼吞虎嚥，但洪辰南也沒阻止，只是凝視著他。

「哥哥呢？」小佐抬起頭，想起了陪他玩的哥哥。

「哥哥跟姐姐都去很遠的地方，過著很幸福的生活了！」洪辰南輕聲說著，「那邊有好多雞蛋糕可以吃，還有麥當勞跟吃不完的炸雞！」

哇……小佐雙眼都亮了，滿是羨慕。

「小佐也要去……」

「等你再大一點。」洪辰南心疼的笑著，「再大一點，爸爸再帶你去捕魚……」

然後，他會親自送孩子上路。

這三個孩子跟著他眞的太苦了！但擁有三個孩子的他，更辛苦，他不該有孩子的，孩子們都不該出生，說到底是他對不起他們。

過著這麼清苦的生活，三餐不繼，連上學都成問題，這樣的孩子長大後只會重蹈他的覆轍；小芳會跟慧敏一樣隨便找個人就嫁了，落入不幸福的循環，沒唸書的男孩們以後也找不到什麼好工作。

人說貧窮是會複製的，這種日子，他一個人受就好，絕對不能再讓孩子們受。

所以，他決定讓他們早點脫離這種痛苦。

人生很短，但苦日子過起來卻太長，早些解脫對他們而言莫不是一種幸福對吧？

去年的這時，他也是這樣壓住小芳的……只是小芳並不知道，那個讓她起不來的人是誰……她正潛在水裡撈魚，他悄然無息的壓住她後腦杓，看著孩子掙扎他自然會心痛，但是他告訴自己必須狠！

這都是爲了孩子好！忍過了這幾分鐘，孩子就再也不會感到餓了。

他看過很多在溪裡溺斃的人的死狀，知道不容易有證據，還加把勁推了小芳下去，讓她順著溪水而下；那時均均那票孩子正忙著編衣服，沒人注意到水裡有什麼往下沖。

然後小芳會撞到溪石，頭顱一定破裂，當屍體殘破不堪、又在水裡沖刷數天後，什麼證據都找不到。

抬頭望天，這山林中，除了天之外，還有誰能是目擊者？

他原本以爲少了一張嘴，家裡生活會好一點……結果並沒有，佑佑跟小佐依然持續在挨餓，他連自己都無法溫飽，他又因爲生病被辭退，臨時工沒這麼好找，一旦沒工作，吃飯再度成了問題。

他爲什麼要把自己搞成這樣？以前一個人時，也沒這麼難受過。

對啊，他一個人的話，事情就簡單多了。

跟前妻要不到錢，還被羞辱，救濟金根本不堪用，他掙扎了一年，還是決定讓佑佑也脫離這種貧困的日子。

他嚴禁佑佑碰水，他是不會游泳的，他捕魚時潛入水中再繞到石頭背後，輕輕一推，一切就結束了。沒有人知道佑佑是站在石頭上的，他跟大家說佑佑在岸邊，誰也無法證實他說謊。

現在，就剩下一個人了。

「如果過得去，爸爸也不願做這種事。」洪辰南憐惜的望著小佐，「爸爸保證，如果接下來能溫飽，我不會再那麼做。」

雖然，他覺得一個人……好像比較好。

小佐根本聽不懂，只顧著開心的嚼著肉。

洪辰南轉過頭望著架上的牌位，前去上了香，希望孩子們一路好走，下一世，不要再投胎到這麼沒用的父母親這裡，徒受苦難。

這天小佐吃得很滿足，晚上喝完牛奶後便沉沉睡去，洪辰南就躺在他身邊拍著孩子入睡，第一次覺得床這麼的大，如此的舒服。

隔天天沒亮，他便起了身，新工作一大早就得集合，他下床時，腳卻踩到了一整灘水。

咦？洪辰南張望著，怎麼會這麼濕？隨手拿了抹布墊下，沒有時間讓他清理，抱起小佐就往小胖家去。小胖父親也在門口等他，因爲他就是工頭，負責調度人，才利用關係給洪辰南插一個缺。

小胖父親一道載著洪辰南去上班，眞的是能幫到底了。

到了海邊，小胖父親分配位子，洪辰南被分到黃旗區，那兒的蚵架不多，一個人可以清理完成，小胖爸也是私心，想說阿南剛來就讓他輕鬆點。洪辰南上了魚筏，輕車熟路的操作著，腰間的無線電裡傳來大家有一搭沒一搭的聊天。

『啊昨天晚上喝的酒還沒退喔！是怎麼開的！』

『你屁股先撞到我的還敢講喔！』

大家聊天說笑，洪辰南也跟著笑了起來，感覺這裡的人很好相處。

『啊我……沙沙嚓嚓……』

洪辰南轉看著地圖，前往自己目標的區塊，海上果然超廣，難怪需要魚筏……只是怎麼這麼久了，還沒看到黃旗區？

『沙嚓……歡迎搭乘……制裁列車。』腰間無線電傳來沙沙的女人聲音。

嗯？洪辰南有點聽不清楚，雜音這麼重？

「不好意思，這裡黃旗是洪辰南，請重複一次！」

『歡迎搭乘制裁列車。』一瞬間聲音變得清晰非常，**『喔，抱歉，制裁船隻。』**

制裁什麼？洪辰南愣住了，「請問……」

『本船隻將對您所做的惡事進行制裁，本單位已進行詳細調查，做到勿枉勿縱。』無線電裡繼續傳來陌生女人冰冷且制式的聲音。

洪辰南心頭鏗咚一聲，「什……請問妳是誰？我做了什麼？」

無線電那頭再也沒有聲音，洪辰南又按著對講機喊了幾聲，依舊沒有回應……這是怎麼回事？他背脊不禁發涼。

薄霧飄到眼前，洪辰南猛然抬首，才發現眼前景色已經看不到海面了，濃霧襲來，即將伸手不見五指！

「咦？喂，我是阿南！」洪辰南緊張的用對講機喊著，「我這邊起霧了我瞧不見！我開霧燈喔！」

他趕緊打開霧燈，就怕其他船隻會撞上來……但照理不會，大家區塊都算相當遠。

『沙沙……』隱約的說話聲傳來，洪辰南趕緊拿起對講機聽著。

「請說！我聽不清楚，請慢慢說！」

『……爸……爸爸。』

咦？洪辰南當場滑掉了無線電，剛剛那是什麼!?

『沙沙……爸爸……』女孩的聲音自無線電裡響起，他該熟悉的……小芳的聲音！

洪辰南蹲在燈旁，僵直的身子說不出話來。

『爸爸……』下一秒，出現的竟是佑佑的聲音，『你……你在哪裡……』

「這是在開玩笑嗎？」洪辰南全身冷汗直冒，到底誰在惡作劇!?

他緊張的瞪著地上的對講機，卻再沒有勇氣拾起……船在水上左右漂動著，沒有操控的情況下，他們只會隨意漂動。

左……右……左……船邊出現了水聲，像有什麼東西在船周遭游動的聲響，洪辰南立刻用霧燈往船邊照去，卻看見一個人影唰地閃離潛入！

「誰!?」他大喝一聲，是人！

雖然速度很快，但是他還是看到人了！

緊接著船開始劇烈晃動，一左一右，接著船尾發出明確的拍擊聲響與不平衡……有人爬上船了！

「什麼人!?」洪辰南嚇得半站起身，向後退著。

搖晃的船顯示了有人爬上他的船，但他是在蚵架區，這裡怎麼會有人?滴答滴答，上船的人渾身都滴著水，霧竟濃到他的能見度連船尾都見不著……深呼吸後，洪辰南還是挪動了霧燈!

一轉過去，兩個小小的身影就站在船的中間，戛然止步。

『爸爸……』濕髮覆面的女孩，還穿著那天的衣服，朝著他伸出了手。而她的右手，緊緊牽著另一個頭顱凹裂的男孩。

「啊啊啊…………是爸爸對不起你們!」洪辰南恐懼的吼著，「爸爸不該把你們帶來這個世界，我都是爲了你們好啊!」

兩個孩子一步步的向前走著，小芳遍體鱗傷的身子上，不停的掉落肉塊，啪噠、啪噠……

『一起回……家，我好想回家。』小芳幽幽的說著。

『我想吃雞蛋糕耶!』佑佑歪了頭。

「不、不不要再過來了!」洪辰南驚恐的大吼，退到了船頭。

不必霧燈，兩個孩子的身影也已穿過濃霧而至，他們毫不止步，伸出雙手，想要父親的一個擁抱、一個牽握。

「不不……」

眼睜睜看著孩子逼近，洪辰南已經退無可退。

他大口深呼吸，轉身跳入了海中——噗通！

船板上的孩子，竟相視而笑。

水下漆黑混濁，但水性甚佳的洪辰南還是記得蚵架就在前方不遠處，他只要游過去，攀著蚵架就能露出水面換氣。

如果可以。

他閉著眼往前游去，一雙腳竟唰地被拉住——咦？

一隻腳一雙手，緊緊的握著他的腳踝，使勁的往下扯！洪辰南終於驚恐的睜開眼，在漆黑的海裡，隱隱約約的他看見他那一雙兒女，抱住他的腳，緩緩的往下沉去。

放開……不！放開！洪辰南死命掙扎著，但是雙腳下的力量好大，他完全游不上去！不行！不不不——

這山林中，除了天之外，還有誰能是目擊者？

『阿南？阿南你到黃旗了沒？』船板上的對講機，傳來小胖爸爸的聲音，『聽到回應一下喔！』

海平面露出金燦的太陽，火球自海平面升起，染黃了一整片海洋，朝陽遍灑在蚵架區上，黃色的旗子隨風飄揚……一艘無人的魚筏漂了過來，喀的一聲，觸及了蚵架一角。

『阿南……你……沙沙沙……』無線電被不明的信號干擾著，獨自躺在甲板上出著聲，**『感謝您搭乘制裁船隻。』**

『本船已經制裁完畢。』

詐騙

「請放心，這交給我們就好了。」

西裝筆挺的男人嚴肅的說著，銀邊的眼鏡顯得專業，不苟言笑的模樣讓老者看了有些肅然起敬。

「可是……」他手裡抱著一個行李袋，還是憂心忡忡，「這樣我就不會有犯罪紀錄了嗎？」

「是，我會處理的。」男子慎重的說，「這是我們身為檢察官的職責。」

「林伯伯，你別擔心，他是檢察官啊，就是為了保護你才會叫你把錢領出來的！」一旁的男子誠懇的笑著，「今天是幸好及早發現，不然要是被詐騙集團用做人頭就不得了了！」

啊啊……老者連連點頭，這幾天他都夜不能寐啊！他這把年紀了，莫名其妙被冠上犯罪前科怎麼辦？坐牢他也撐不住啊。

「所以，請交給我吧。」身為檢察官的男子，朝老人伸出了手。

猶豫片刻，老人還是將手提袋交給了他。

接過袋子的男人頷了首，朝年輕男子看去，「那我就立刻著手處理了。」

「好，您快去忙！」年輕男子也急切的看著他，「一切拜託你了！」

「檢察官，謝謝啊，謝謝捏！」老者再三鞠躬，他恐懼的心都要跳出來了。

「放心。」男子淡淡一句，走向了路邊停著等待的車子。

待車子離去，年輕男子才揚起淡淡笑容，溫和的扶著老者進入便利商店，「伯伯，不要緊張，檢察官會幫你保管的！來，我買個飲料給你喝！」

「啊……不必，不必啦！我喝水！」老者有點手足無措，依然懸著一顆心，「這樣真的就沒問題了？我的嫌疑會被取消？」

「會，會會會！」年輕男子拍拍老者的背，「等等就有警察會來跟你說明……喔！我接個電話。」

年輕男子按捺著老者坐下，拿起手機匆匆的走了出去。

老者搓著滿佈皺紋的雙手，等等要再問肖年郎這件事情什麼時候會結束？警察會給什麼證明嗎？好確定他眞的不是詐騙集團的共犯，不然他食不下嚥啊！

但事實上，老者再也等不到那個年輕人。

手裡的名片將只是廢紙，什麼警方、政府、檢察官，一切都未曾存在過。

不會再回來的，也包括他那一袋兩百萬元的養老金。

「乾杯——」

一大群人高舉著啤酒互擊，他們窩在滿地鈔票的屋子裡，開心的喝酒慶功！

「雖然最近難了點，但至少還是有進帳！」阿邦撥動著整袋的現金，「這老頭子也太寒酸吧，戶頭裡只剩兩百萬也想過下半輩子喔？」

「開銷不大吧！他住在那種地方，每天也花不了多少錢！」二牛夾了口滷味。

「所以我們才要幫他花啊！」阿晉咧開了嘴，「來，乾杯！」

「乾！」一群人再度舉杯歡慶。

一旁的老大正在分裝錢，兩百萬按照比例分一分，大家都可以再過上一段好日子，只是最近詐騙真的越來越難做，而且轉帳那一套沒什麼人理了，都得用檢察官的模式露面，這對他們都是個風險。

「我們最近業績超差的，兩個月一筆兩百萬太少了！」錢孟育潑了眾人冷水，「得幹票大的，不然哪夠我們花！」

一眾正在歡樂氣氛的小弟們摸摸鼻子，最近政府宣導得這麼凶，才會害得他們詐騙困難啊！但有入帳總是比沒有好嘛！

「唉，老大！難得有收入，先放鬆一下吧！」阿晉趕緊去拉過錢孟育，「先來一起喝酒慶祝，以後的事明天再說！」

「對對對！明天再說！」小弟為其打開一瓶啤酒，遞上前去。

老大看著那瓶啤酒，也只能無奈搖頭，這群傢伙想得眞輕鬆，他是幹詐騙的，要是騙不到錢要怎麼生活？他們專職詐騙耶！

眞的得想辦法幹票大的啊！

老是騙這些老人也只能幾百萬幾百萬的入帳，他最近看不少同行都已經是幾千萬幾億元的收入，走的是虛擬幣、區塊鏈模式，前期需要一段時間認眞的經營，等人們給予信任後，便會加大資金投資，最後一口氣收尾。

「我想改個路線。」錢孟育突然開了口，「這行現在這麼競爭、老人們警覺心又強，再做這個太辛苦了。」

「嗯？老大想改做什麼？」阿晉挑了眉，這已經是最輕鬆的了耶！

「虛擬幣吧！」

暢天國際企業最近聲勢極高，及虛擬幣SKU紅極一時，不但上漲飛快，而且還可以兌換各種交通券、禮券，未來將於更多場所通行，投資者紛紛投入，前景一片看好。

「理事長。」阿邦一臉不安的起身，他在外頭等了好一陣子。

「林經理？」阿晉一瞧見阿邦的神色就覺得不對勁，朝後方的一眾肥羊投資者們微笑，「不好意思，各位稍等我們兩分鐘。」

「沒關係沒關係。」投資者擺擺手，秘書立刻請他們先進入會議室中。

確定所有人都進入後，阿邦趕緊上前低語，「昌仔又出狀況了！」

聽見這個名字，阿晉厭惡的深呼吸，「他又想做什麼？」

昌仔，是組織裡的新血，一開始讓他在詐騙老人那邊做，結果才詐騙一個就良心不安，一直問能不能把一半的錢還給老人。

這是在說什麼廢話！當初也不是騙他進來做，招募那天讓他進入鋪滿鈔票的辦公室，讓他看見滿室滿間的鈔票牆，擺明告訴他就是幹詐騙，他同意才進這行的。

結果才第一個案子就在那邊於心不安，錢也領了，花也花了，不知道在矯情些什麼！

「他現在不是負責虛擬幣客服嗎？」阿晉忍著性子，「一天五千的薪水，還不外加獎金，他還有話說？」

「原本是想說錢多了他就會閉嘴，結果沒有。」阿邦搖搖頭，「他早上跟客戶講投資要三思！」

阿晉不可思議的瞪大雙眼，「他這麼說？」

阿邦凝重的點點頭，否則他需要這麼十萬火急的過來報告嗎？「他不適合幹這行！」

「沒有人天生適合，誰不是一開始掙扎過！他家裡不是有兩個老人家需要龐大醫藥費？」阿晉當初就是看準這點，才覺得錢多了這傢伙遲早麻痺，因爲他需要錢啊！「這樣不行！」

「把他弄走嗎？」阿邦甚是憂心，「但他知道不少事，我很怕他萬一突然聖母心大作，把這件事公開——」

阿晉舉起手打斷了他，「這件事我會報告老大，現階段正在收網，不能有任何閃失！你盯著他，把他調離客服。」

「好！」阿邦領令，才回過身，就看見Joy走了過來。

兩個人禮貌的微笑頷首，在這間公司裡，他們是職責毫無交集的人……在詐騙集團裡，他們感情可好的咧！

連阿晉見到Joy也都會泛起微笑，這微胖的棉花糖女孩，總是一臉燦笑，笑得人打從心底舒服。

「又要我批預算嗎？」阿晉笑著出聲。

「當然啊，員工旅遊嘛！」Joy眨了眨眼，「你也知道要抓時間的嘛，不然我們後面哪有時間？」

一旦收了網，公司宣布倒閉，大家就得被抓，還要面臨調查跟拘留，就算很快獲得自由也不能玩得太囂張，到那時怎麼有辦法湊齊大家旅行呢？當然要在一倒閉、投資者還錯愕時，快點先去HAPPY一番，再回來被關被抓囉！

Joy遞上企劃書，阿晉一翻開，當場倒抽一口氣，「包……包機？」

「包一個機艙，就我們的人。」Joy樂不可支，「大家這兩年這麼辛苦，小意思吧？到外島去玩個五天四夜，公司全包食宿？」

阿晉飛快的看著企劃書，只能搖頭，這波詐騙的金額來支付區區員旅是小菜一碟，再奢華也沒問題，隨手便簽了字，Joy喜出望外的準備接過，阿晉把要落入她手中的報告書又給抽了回去。

「不要高興得太早，雙簽字制，得拿給老大……董事長批。」阿晉再三交代，「才幾十個幹部，包機艙？」

「地球航空，最安全的飛機。」Joy踮起腳尖接過文件，燦爛一笑，「謝謝理事長！」

唉！看著她愉快離去的模樣，阿晉就會覺得辛苦也值得了。

秘書走出，暗示他該進去了，阿晉理理西裝，挪挪領帶，端起一副專業姿態。

等等就要面對一群待宰肥羊了！

這群人不是蠢就是貪，這兩種都不值得同情，反正這個社會上大家都是各憑本事，誰有本事挖別人的錢，誰就贏了。

等大家紛紛花大錢投資後，公司再中斷金流，將錢一一提出，宣布倒閉，就算被定調爲詐騙案也無所謂，因爲區區詐騙的刑責，輕如鴻毛。

幾十萬的交保數字與他們詐騙所得相比，更是九牛一毛。

接著他們換個身分、再成立個機房、換間公司，又是一條好漢了！

阿邦拖著行李箱，順著指示牌來到航廈時，其實有些丈二金剛摸不著頭腦……因爲Joy明明說大家搭的是地球航空，但是他們從路邊一路到這兒，看見的都是「天勝航空」的標記。

「有沒有走錯啊……」他張望著，後肩被人輕拍。

「嘿，阿邦！」安雅打扮得花枝招展，完全要度假的模樣。

「欸……看見妳我放心了一點，不是說地球航空嗎？」

「對啊，我按路標來的！」安雅也覺得奇怪，「可是沒錯啊！路標不是什麼山木實業社嗎？」

這當然是障眼法，暢天國際昨天宣布倒閉，現在還大喇喇的在指示牌寫上公司名字還得了？當然是用了某個空殼實業社當名稱，Joy設置的指示牌，寫著山木實業社集合處，讓大家集合就是了。

「嘿，你們也到囉！」二牛開心的嚷嚷，到處拍照。

說到玩大家都特別準時，提早到的更多，看見幹部們都出現是讓阿邦放心許多，不過這個地點跟Joy說的不同。

「這裡沒錯嗎？」阿晉一現身，大家就像吃了定心丸，「誰聯絡一下Joy？」

「Joy急性腸胃炎，正在醫院吧！」安雅說著，主辦人居然突發急病不能來，「還是去問地勤？」

才在說著，突然傳來廣播聲。

『搭乘天勝航空616號專機的乘客，請於**1**號門準備登機。』

所有人低頭看著自己的機票，正是616！阿晉身為組長，率先往前，**1**號登機口就只是扇玻璃對開門，推開玻璃門時，便能看見停機坪上停了一架私人飛機，所有人眼睛都亮了！

「哇！真的假的！」所有人瞠目結舌，本來以為包機只是說說而已！「這台都我們的嗎？」

「包機包機，我以為是講好玩的耶！」安雅吃驚的嚷嚷，畢竟一台飛機這麼大台，怎麼可能包機呢？

「雖然是小型飛機，但剛剛好載我們這幾十個耶！」二牛計算著人數，畢竟這次員工旅遊就是四十人啊！「這樣包機沒錯耶！」

這次的「員工旅遊」老大說出包機時，其實就是包一個機艙，怎麼可能眞的包機？

「您好，歡迎搭乘天勝航空。」前方一位高挑的空姐朝著大家鞠躬。她身後有條長長的豪華地毯，直接通往登機的樓梯，兩旁還有紅龍，機票檢驗機器就在入口處，那兒還有一名空少等著。

「天勝，哇……這是本來的名字嗎？」阿晉喜歡這個名字，「好像在慶祝我們的勝利似的！」

「感謝各位包機搭乘，機上將由我跟他一起爲大家服務，全機只有各位，將不會有其他乘客。」空姐回身指向驗票機，「現在請您出示機票，歡迎登機。」

有人好奇的舉起手，「請問有分什麼頭等艙跟普通艙嗎？」

「今天的位子，每個人都是頭等艙喔！」空姐使用巧妙的話術，意思其實代表每個位子都一樣。

阿晉是組長，代表先往前走，機票交給空姐後，按照日常慣例的掃描、撕除交還；雙腳踏上紅毯的瞬間，連阿晉都有種意氣風發之感，後面的人們紛紛起鬨，喊著理事長！

「理事長！看這邊！」小美拿著相機高喊著。

阿晉回身，擺了個帥氣的姿勢，同事們紛紛替他拍照留念！這段登機之路勢必漫長，因爲每個人都想拍獨照，都想享受這種尊榮感！阿晉加快腳步來到登機口，就怕影響其他人拍照。

「歡迎登機！」果然門口也有一位笑容可掬的空姐！

阿晉第一個登機，專機裡的座位跟一般的飛機並無二致，但是寬敞許多，地毯跟配色也相當好看，他按著機票上的座位尋去，發現自己坐在第一排的位子。

前方有扇簾子隔擋，感覺前面還有一個艙耶，還是有頭等艙嘛！

「哇，好寬喔！」後頭上來的小美驚呼連連，「感覺比一般飛機高級耶！」

就算沒有，光包機的尊榮感就已經好很多了！

待所有同事一個個登機後，阿晉不忘發訊息給大家，雖說包機都是自己人，但別忘了空服員均是外人，大家言談間還是要把握分寸。

幾個小子看到後交頭接耳，眞不愧是組長，他們一看到包機都差點忘了這件事，詐騙之事的確要低調點。

「哼，我突然想到昌仔。」二牛放下背包，感嘆的說，「要是堅持下去，他現在也能在這裡享樂了。」

「噢，他不適合幹這行啦！」志中聳了聳肩，壓低聲音，「這行最不必要的就是良心了。」

前頭安雅聞言，聽到話尾就回頭，「昌仔喔？拜託，這種人最煩了！我很怕他背後捅我們耶！」

「他不敢啦！」志中攀著頭枕往前探，「他家裡有人啊，我不信他敢拿家裡的人開玩笑！」

「但就很煩啊，搞得大家如坐針氈！」安雅嗤之以鼻，「認眞工作、收錢，大家都能過爽爽的，幹嘛管別人怎樣！」

「就是，」二牛附議點頭，「這世界不是我們能改變的，我們不動手，別人也會動手！」

「那幹嘛不把成果放進我們口袋裡呢！」後面那句幾個人異口同聲，還擊了掌。

這氣勢甚高，附近的同事也都知道他們在講什麼，事實如此，這就是個人吃人的世界，他們只是比較積極而已！

幹詐騙的何其多，每個人都在騙，要是手腳慢一點，那些錢就落入他人口袋了，他們當然得搶先機啊！昌仔就是那種死腦筋，要幹詐騙還要提良心？什麼這樣騙人家太多錢不好、或是這些錢沒了，對方餘生怎麼辦？

那陣子眞的搞得大家頭皮發麻，因爲這種有良知的人就像是集團裡的毒瘤，知情的他萬一哪天跑去警局告發一切，那大家都吃不完兜著走！尤其當時公司已經準備收網了，多少客戶都已二度挹注熱錢，誰都怕功虧一簣。

後來聽說是老大親自出馬去處理這件事，昌仔就這樣沒了消息，大家也很有默契的緘口不提昌仔，不需要問那種人怎麼了，只要專心做好自己的工作就好。

「咦？有人看到老大嗎？」阿晉起身喊著，「那個……董事長？」

對啊，老大呢？所有人左顧右盼，阿晉則注意著前方的簾子。

「還有乘客未到喔！」空姐走了過來，「請稍等。」

阿晉覺得有些奇怪，因爲老大很少遲到的，傳了幾個訊息，表示大家都在飛機上了，手機那頭很快的已讀，但沒有回應。

「組……理事長。」大毛突然坐到他身邊，「我想問，這件事過後，我會怎麼樣嗎？」

「不會！」阿晉斬釘截鐵，「最多三十萬就能交保出來，這點錢，我們付得起。」

大毛略鬆口氣，一場詐騙案下來，總要有幾個人被抓，身爲經理的他首當其衝，當然老大給的獎金非常優渥，安家費也沒少給，但他還是會不安。

「如果大哥能挺我，我就沒什麼好擔心的了！」

「放心，前科這種我們都不在乎，國內對虛擬幣的詐騙並沒有健全的法規。」阿晉邪惡一笑，「最多三十萬，你就自由了。」

大毛雙眼裡綻出光芒，他眞的覺得跟對人了！

禮貌的再三道謝，放心的回到位子上，阿晉則不安的往窗外向後看，紅毯依舊鋪著，但這角度見不到還有誰來了。

玻璃門邊的錢孟育正摘下墨鏡，瞠目結舌的看著眼前的飛機，忍不住喃喃唸著眞的假的？

「您好，歡迎登機！」空姐主動上前，「是錢先生吧？」

「呃……對！等等！」錢孟育再三確認，「這是要飛往L島的飛機嗎？我們是山木實業社，應該是由我們公關Joy聯繫……」

「您好，我們這邊請。」空姐接過他的機票，領著他走向紅毯，空少也主動上前接過。

錢孟育接過機票後簡直不敢思議，員工旅遊他有撥這麼多錢嗎？足夠讓Joy包機？說好是一個艙……她包一整架飛機是怎麼樣？

「這……這包機多少錢？」他轉念一想，該不會Joy用了方式拿到優惠吧？

「呃，這個我們不清楚喔！我們只是空服員……」空少尷尬的回應。

「好……好好，沒關係。」錢孟育嘖嘖幾聲，直覺想到Joy八成用了什麼方式，讓航空公司願意降價，到時幫他們廣告什麼的。

詐騙嘛，他們公司誰不會？Joy那張嘴能說會道的，想必是撒了什麼餌，不然應該不太可能包機，還得加上外島食宿全免呢？

他不是小氣，只是這種錢不需要花，花多了招搖，再來是大家分到的錢不就少了！

才準備登機，卻發現前方還有另一座樓梯，抬頭望去，門口的空姐果然示意他往前走……哇喔，錢孟育看了看自己的機票，說得也是，頭等艙嘛！

他無力的搖頭，搞什麼東西啊，這種時候就是要大家混在一起才好玩，感情才會好，裝什麼逼？

他無奈的走上前方樓梯，反正等等他可以再到後頭去找大家玩，順便好好說說Joy。

「歡迎登機。」頭等艙裡果然有空姐在等待了，「錢先生吧？」

「呃，是。」錢孟育看著機艙內就他一個人，腹裡牢騷處處，一個人的頭等艙？他跟誰聊天啊！

空姐請他入座，繫好安全帶，接著俐落的開始收起梯子。隱約聽見關門聲的阿晉朝窗外望去，發現外頭的紅毯正在捲起，這表示人員都登機結束了？

「等等，我們還有一個……」阿晉其實不知道是幾個，但重點是老大還沒登機啊！

「錢先生已經登機了喔！」空姐溫柔的說著，朝簾子一比，「他在頭等艙。」

「頭……」哇喔，阿晉挑了挑眉，果然有頭等艙。

「請坐下，繫好安全帶，我們準備起飛了。」

所有人趕緊回到座位區，空姐空少們紛紛登機，開始檢查上方行李廂，並檢查大家是否繫緊安全帶。

「大家來笑一個！」阿晉主動拿起手機，後面的人即刻面對鏡頭，「YA！」照片即刻發到群組，阿晉還不忘讚美Joy，這個行程設計得眞好！雖然她急性腸胃炎不能來，但大家會好好幫她玩的！

正在開車的Joy聽見訊息聲，一邊專注的開車，一邊撈過手機，趁著前方紅燈減速，瞥了一眼——咦？

「搞什麼啊？」她看著手機日期，這些人是要去哪裡？員旅是明天啊！而且哪來的包機這種事！她一通電話打過去，阿晉的手機即刻響起。

嘿嘿，果然是Joy，看到羨慕嫉妒恨了厚！

「先生，對不起，飛機要起飛了！請關機或開飛航喔！」空姐就站在他身邊。

「呃……」阿晉的拇指按不下去，只得選擇切斷，「我傳個訊息。」

「請盡快。」空姐說著，開始準備飛航安全示範。

阿晉還沒打完「我們要起飛了」時，訊息就跳出，「你們在哪裡？員旅是明天啊！」

咦？阿晉錯愕的看著手機日期，回頭看著艙內吱吱喳喳又興奮的同事，拍下了機票傳給Joy。

一秒後，手機再度響起。

叩叩，高跟鞋再度折返，「先生，對不起，我必須請您關機了。」

「十秒！」阿晉不管不顧，立刻接起手機擴音，「Joy，十秒鐘。」

『員旅是明天啊，而且什麼天勝航空？我們是地球航空一個艙，你們到底在哪裡啊？』

這段擴音，讓全機艙都安靜下來了。

「但是我們——」阿晉才要繼續說，卻發現手機斷了訊，「Joy？Joy？」

手機失去了聲音，下一秒，整個機艙炸開了。

「明天？我收到的訊息一直是今天啊！」

「那我們不是登機了嗎？這不是我們包的嗎？」

所有人驚慌失措，阿晉看著眼前的空姐，空姐溫柔的笑容早已消失，而是用冷漠的眼神看著他們！

「這是怎麼回事!?」阿晉怒吼著，動手鬆開安全帶——咦！

聽著引擎聲的錢孟育回首，他有些不耐，因為發現僅僅一簾之隔，但他為什麼聽不見其他下屬的聲音?他想到後面去跟其他員工坐在一起，趁著飛機還沒起飛，先換座位吧。

伸手要解開安全帶，卻發現怎麼按都按不開。

「咦?空姐!」他喊著，「我的安全帶卡住了。」

使勁拉著，卻發現怎麼也拉不開，再喊了聲空姐，抬頭張望……卻沒有人回應，機艙裡只有他一個人?

「喂——阿晉!」他不顧一切的喊著，一邊拿起手機，但手機裡沒有任何訊息，「喂——」

一簾之隔，誰也聽不見彼此，後頭的所有人都在使勁拔著安全帶，但沒有一個人有辦法解開。

面無表情的空少與空姐不理會他們，逕自走進簾後，阿晉試著再撥給Joy，卻是徒勞無功。

「晉哥，這是怎麼了?」二牛喊著，「我們被騙了嗎?」

啊……全體不由得倒抽了一口氣，難道長年幹詐騙的他們……今天換他們被騙了？

「爲什麼會這樣？打給Joy啊！」志中也趕緊撥著電話，但無論怎麼打，都沒有回應。

阿邦慌亂的掏出機票，再對照著之前的對話紀錄，惡寒油然而生。

「眞的不是這間航空……我就記得一開始Joy說是地球航空的！」他抓著志中喊著，「只是我們剛剛看到包機都以爲是驚喜，誰都不會想到不對勁！」

「日期也跟一開始說的不一樣，但是Joy後來跟我們說提早一天的！難道那不是Joy發的？」安雅瞪著訊息，那明明是Joy傳的！「該不會我們的群組被駭了？」

「爲什麼安全帶會卡死？這是要做什麼？」二牛瘋也似的扯著，亦是徒勞無功。

不是他們該出發的日期、不是預訂的航空公司，是他們被騙，還是有什麼人從中做梗？

「出來！不管你們是誰，出來說清楚！」阿晉氣急敗壞的喊著，他們這些做詐騙的，竟然有反被拐的一日！眞是太不可思議了！

所有人的怒火與恐懼在飛機拉升的瞬間止住，他們錯愕的感受著身子傾斜，完全沒想到飛機眞的起飛了！這個詐騙也很大手筆啊，竟然眞的要帶他們飛？

「眞的要去外島嗎？」有人弱弱的問了。

「還只是騙了些回扣？」

「總不會要把我們賣掉吧？」阿邦提了怪異的想法，他們應該不値錢吧？

討論聲起，與安全帶奮鬥的舉動也沒停過，十分鐘過去，所有人還是只能待在位子上，無計可施。

飛機趨於平穩後，簾子一掀，空姐空少推著餐車出來了。

「你們不說清楚嗎？」阿晉不客氣的抓住送餐的空姐。

「我們只是空服人員。」空姐冰冷的回答著，「鬆開。」

餘音未落，空少過來便粗魯的拽開阿晉的手，坐著的他難以施展，輕易被扯開；根本沒人想吃東西，但空服員硬上餐，擱到大家的桌前，不願意吃也不行，他們會主動放下餐桌。

「老大呢？」二牛忍不住問了，「爲什麼沒看見老大？」

這問句隱藏的意思是，該不會是老大佈的局吧？

「老大——」阿晉跟著扯開嗓門往前喊，「老大，你聽得見嗎？回答我！你在飛機上嗎？」

送餐的空姐空少們冷笑著，開始拿起紅酒，爲眾人倒酒。

「我們不會吃這些東西的！天曉得這是什麼！」安雅看著擱在餐盤上的紅酒就恐懼，「這不是我們的班機，你們也不是我們預定的航空，那驗票驗什麼的啊？」

「主謀者是？」阿邦戰戰兢兢的問，「是哪個投資者的報復嗎？」

他說出大家心底的疑問，能有這種財力跟手腕的人，是不是某個多金的投資者？因爲被騙所以要整他們？

空服員們避不回答，而頭等艙裡的錢孟育亦是呼叫無人，看著頭等艙的空姐呈上食物，紅酒還倒在雪白的瓷杯中。

「我的同事們呢？」他咬牙切齒，滿臉因爲扯動安全帶而漲紅，「他們並不在飛機上嗎？」

空姐微笑，避不作答。

一直等到餐酒均發送完畢後，空服員們再度隱於簾後，終於有人拿起了廣播器，擴音器中的沙沙聲響，讓所有人留心，嘈雜聲漸歇。

『歡迎各位旅客搭乘本專機，剛剛爲您獻上的是骨血套餐：餐盒裡盛裝的是生肉，象徵被各位詐騙受害者的血肉，杯中盛裝的是他們辛苦一輩子的心血。』隨著廣播聲，所有人下意識噁心的退後，瞪著眼前的餐盒看，『各位終其一生都在啃人骨血，客製餐點還盼符合各位喜好。』

阿邦看著隨著飛機搖晃的杯中物，鼓起勇氣的湊鼻一聞，果然是一股血腥氣，一旁的志中也挑起餐盒上的鋁箔膜，屏氣凝神的揭開——血紅的生肉內臟滿滿一整盒，甚至是腐肉生蛆！

「呀——」一旁的女孩見狀，不由分說的把整個餐盤往走道上掃去。跌落走道的餐盒分崩離析，裡面的肉塊蛆蟲爬得滿地都是，嚇得所有人不住作嘔，完全不敢碰眼前的餐盒！

「這太噁心了！」阿晉開始改變方式，他以全身之力抗爭，想扯動整張座椅。頭等艙的錢孟育也已經打開了生蛆的餐盒，厭惡的往地上就是一扔！

「老闆，您別浪費了這個杯子。」空姐突然走來，拾起在地上滾動的白色杯子，擱回他的桌上，「這是骨頭雕的，跟您非常匹配啊！」

「誰!?」錢孟育伸手要揪住空姐的衣，但她飛快的向後閃躲，「到底是誰讓你們做這種事？」

空姐冷笑一挑，逕自向後走去，錢孟育慌亂的回頭想抓住她，卻發現走道上已空無一人！

這也消失得太快了吧？不聞跟鞋聲，也沒見到人影往簾後去，就這麼一秒內消失？

「阿晉！二牛！」錢孟育失控的朝著簾後喊著，「聽見了沒有？喂——」

『聽不見的。』

右方的座位，幽幽的傳來長者的聲音，這讓錢孟育僵直了身子，這個頭等艙裡，不是只有他一人嗎？

戰戰兢兢的向旁看去，隔著那走道上，豈止他一人？每個座位上都坐滿了人，個個臉色慘白，或頭子上套著繩子、或浮水腫脹、或頭破血流，每一個看上去都絕對不是人！

「啊……啊啊！哇！」錢孟育大叫起來，這是什麼!?

『就像我們哀求著把錢還給我們時，你們也聽不見啊……』左邊突然伸來一隻冰冷的手，朝錢孟育手臂上貼。

「哇！」他嚇得再往左看，左邊座位曾幾何時是一個瘦骨嶙峋、已有半身化爲白骨的老婆婆，正伸手拍著他。

這是幻覺吧！他掙扎著想要起身，但是安全帶依舊紋風不動，拆也拆不了啊！可是其他座位的「人」卻輕易的站了起身，朝他這兒湧了過來。

『爲什麼要騙我們的錢？』

『你這沒良心的人！騙我們的血汗錢爲什麼可以這麼心安理得？』

『我的下半生都被你毀了！』

『啃人骨血的人渣，憑什麼過好日子啊！』

這些難道都是……被他詐騙過的人嗎？錢孟育被困在位子上完全沒地方閃躲，大白天的他怎會見鬼，上了飛機他也沒有吃任何東西，不該有幻覺——「哇啊啊！」

臂膀突地被狠狠咬下一口，痛得錢孟育完全明白這一切並非幻覺！一個上吊自殺的老人家正大口咬下他的肉，泛黃的牙齒冒出了尖牙。

「不不——等等！哇啊啊——」

老大？正努力用全身力氣扯著座椅的阿晉一怔，爲什麼他好像聽見了老大的聲音？

於此同時，手機突然響起，Joy竟打通了！

「Joy——」群組通話，每個打開手機的人紛紛接聽，「救命！快救命！」

「這是怎麼回事？」在車上的Joy簡直傻了，「你們現在在哪裡？」

「我們在空中啊！」安雅尖叫著，「我們的飛機起飛了，而且——」

『嗶——』刺耳的廣播系統聲音傳來，逼得大家縮頸，連Joy都皺起眉，手機正擴音架在前方，**『歡迎搭乘制裁專機。』**

機上的廣播裡，莫名其妙出現了聲音，制裁……專機？

『本專機將對各位的所作所為進行制裁，本單位已進行詳細調查，做到勿枉勿縱。』廣播中繼續傳來陌生女人冰冷且制式的聲音，這並非剛剛那些空姐的聲音。

制裁專機是什麼？阿邦拿起機票再看一次，這間航空不是天勝……他怔住了，機票上的字不知何時已然變化，寫的是「制裁航空」。

正在高架橋上的Joy也清楚的聽見機上的廣播，「喂？制裁專機是什麼鬼？」

「不……不知道……」同事們虛弱的說著，沒人知道這是什麼東西啊！

說時遲那時快，飛機陡然一斜，整台往下俯衝！

「哇呀——」

尖叫聲遂起，Joy在這頭聽得心驚膽顫，她急著要先開下高架橋後靠邊停下，卻忽然聽見巨大詭異的轟隆聲傳來……眨眼瞬間，竟有架飛機從她左前方憑空出現——不，那是掉下來的！

機頭直直的從她右側撞了過來。

「哇——哇啊啊啊——」Joy下意識將方向盤朝右扭去。

車子根本來不及衝出橋面，就已經被飛機整個撞飛出去。

飛機撞進了河底，如同電影一般，瞬間炸出了火光，轟然聲響嚇得附近所有人大吃一驚，四周大廈的玻璃同時被震碎，民眾驚愕得措手不及！

「咦？好大聲喔！」這聲音大到附近的人們紛紛張望，「聽見了嗎？」

路上推著回收車的男人看著遠方天空冒出濃煙的方向，也很錯愕，「聽起來好像什麼東西爆炸了耶？」

「啊？失火嗎？那邊沒工廠啊！」身邊的老人家皺著眉，「要不去看看？」

「沒事，我們先把這些拖去賣了！」男人搖搖頭。

「唉，昌仔，真謝謝你！幫我這老頭子做回收……」李伯熱淚盈眶，「要不是我的錢被騙光了，我也不需要淪落到這個地步……」

昌仔忍住哭泣，只是微笑點頭……他會還的。

他拍拍李伯，用力推著回收車往上坡路上走，不管花多久，他都會試著還錢！還不了時，就讓他照顧李伯吧！

橋上停下許多車子，飛機殘骸在河裡燃燒著，所有人都不可思議的看著這架不知道哪兒出現的小飛機，記者們也飛快趕到。

全毀的機頭浸在水裡，無人的駕駛艙中，廣播依舊不清楚發出最後的聲音——

『沙……沙沙……謝謝您搭乘制裁專機，本班機已制裁完畢。』

酒駕

女人身上掛著牌子，手上拿著一疊傳單，在立法院前發放著，她身後有一大票與她志同道合的人，也有人高舉著牌子，一邊拿擴音器呼著口號：「酒駕重刑！酒駕修法！」

「酒駕重刑！」裡頭的人一再的重複著，「修法重刑！」

一輛黑色的賓士緩緩朝立院駛來，司機機靈的看見前方的抗議群，準備繞路。

「委員，那群酒駕的抗議者又來了，我們從小路進去吧？」

吳立委不耐煩的抬頭往前張望，「怎麼又是那票人！他們真的比我們還認眞，二十四小時全年無休！」

司機不語，他的工作是開車，不需要多做評斷。

只是司機才準備提早右轉繞路而行，路邊冷不防的衝出一名女人，直接拿著傳單，往後座窗戶拍了上。

「請修法！請加重酒駕處罰條例！」女人吼著，傳單不停的往窗戶上拍。

結果不只她一個人，路邊跟著衝出彷彿埋伏已久的抗議人士，他們紛紛包圍住車子，讓司機的油門完全不敢再踩深一寸。

「別熄火，往右靠。」吳立委當機立斷，整理一下服裝儀容，練習職業笑容，在車一停妥便降下了車窗。

「請加重──」女人再拍上車窗時愣了一下，窗戶降下來了？

「您好。」車子裡坐的是溫文儒雅的中年型男。

「請加重酒駕刑罰！」女人趕緊把訴求單遞進去，「我家人都被酒駕肇事者撞死了，但是他只要付個幾十萬就沒事了，可是我的家人已經回不來了！」

吳立委看著傳單，思索片刻，竟決定打開車門，「開門。」

「咦？」司機有點緊張。

「沒關係，開門。」他態度堅定，司機只好打開中控鎖。

於是，高挑頎長的身影從車子裡步出，請願者紛紛湧上前將他包圍，女人當然知道他就是吳立委，他們都是調查過的，在這兒風吹日曬，爲的就是要請願成功啊！

「我是許惠欣，三年前我的丈夫跟孩子都出車禍死了，對方是有錢人，付完款就沒事了，天大的賠償也是讓律師來處理。」許惠欣撩起掩住半邊臉的頭髮，那下面是醜陋的疤痕，「我失去了家人，毀了容，對方卻不以爲意。」

「許太太，我相信對方不會眞的不在意，只是……」吳立委才想繼續說，許惠欣便打斷他的話。

「他繼續喝酒開車，我親眼看見的！」許惠欣吼了起來，「我們酒駕的罰則太輕，錢罰得再重，對有錢人來說根本不算什麼！」

「對！就是！爲什麼每天都有酒駕？死了這麼多人，你們都不修法？」其他的酒駕受害者也嚷了起來。

「都幾年了？慘死的人這麼多，你們都無動於衷嗎？」

「每個法官都說是法源的問題，那你們立法委員在做什麼？修法啊！」一個男人忿怒的說，「還是因爲你們自己就會酒駕，所以不可能立這個法？」

「等等，大家不要太激動，激動是成不了事的。」吳立委理智的勸說，「我知道你們的苦與悲，也知道你們的要求，我會努力的！」

許惠欣打開包包，將請願書遞給吳立委。

她的包裡有一大疊請願書，看到一個立委就給一份，看到兩次就兩份，不管給了幾次，她都要在這條路上奮鬥下去。

「鞭刑啦！不是痛在身上不會怕啦！」

吳立委只能苦笑，告訴他們，天熱注意身體，小心中暑後，便坐回了車內；這群還算是有素質的抗議者，遞交請願書後不會再死纏爛打，紛紛退開讓他的車子離去。

「有用嗎？」一個爸爸冷冷的望著遠去的車子。

「堅持下去，總有一天會有用的。」許惠欣堅定的回應，「如果連我們都放棄，就不會有成功的一天……」

回首看著他們這票有著共同傷痛的人們，這只是一小簇人，在立院門口還有一大票，三年以來，他們的陣容越來越龐大，這代表著被酒駕殘害的人越來越多。

這麼多個家庭破碎，但酒駕的人依然猖狂，多少人抱著親人的屍體在殘破的車裡痛哭失聲，看著分不清天南地北的肇事車主被警察拖下車時，嘴裡還嚷嚷著：「多少錢？來，我拿給你！」

這些人只要有錢，就可以一疊一疊的砸死你，他可以無節制的不停酒駕上路，不斷的撞死人，只要拿錢就可以買人命、買他人家庭的幸福，對他們而言根本不痛不癢。

這就是因爲法太輕，再重的罰款都無用，因爲對有錢人來說，根本都是九牛一毛，至於吊照？呵，吊照照樣上路的多得是！

之前有人提出應該可以使用鞭刑作爲罰則，皮肉要痛才能遏止這樣的事件再度發生，但是卻被以「人權」兩字駁回，在公共論壇上連提上去的機會都沒有……人權，這眞的很有趣，只有活人的人權被在乎。

因爲被撞死的都已經死了，談什麼人權是吧？

這便是許惠欣他們這些倖存者、這些受害者家屬要努力的，不能只有金錢的罰則，必須要更重、更讓肇事者感到痛，才能在他們酒駕前就阻止他們。

吳立委的車順利進入立院，人才剛上樓，陳立委就走過來了。

「你被攔到了啊？做得不錯嘛！」

「什麼？」他聽不懂，有幾分錯愕。

「在前面路口被那票反酒駕的攔住了啊！」陳立委帶著幾絲讚嘆，「但眞有你的，居然選擇下車，這招厲害！」

「說什麼呢！我看他們沒什麼惡意，就是收個請願書。」吳立委略挑了挑眉，「網路有片了喔？」

這正是他所期待的，對他來說這可是免費宣傳又大加分，有利於一年後的選舉。

「是啊，立刻瘋傳！」陳立委不由得佩服，這年輕人反應就是快，「請願書寫什麼？又是鞭刑那套？眞是異想天開！」

「是啊，還有死刑……這也是不可能的事！」吳立委不以爲意的朝裡頭走，「這些人眞的想太多了。」

「你之前不是才幫那個誰誰誰去談？勸和嗎？」陳立委壓低了聲音。

「喔……喔喔，對！」吳立委無奈的聳聳肩，「法再重就是罰款加吊照，喝酒後意識不清怎樣都不會歸類爲故意殺人，想再重是不可能的！人死不能復生，有錢拿就快拿，至少後半生好生活，這才是死者的希望啊！」

「就是！」陳立委連連附和，「不說別的，我們自己有時應酬喝酒，還不是開車回去！」

吳立委會心一笑，伸手在食指比了一個噓，心照不宣，心照不宣哪！

女人有些昏沉的看著窗外呼嘯而過的景色，懶洋洋的勾起笑容，「開慢一點。」

「喔，現在半夜兩點，沒什麼人啊！」吳立委看著儀表板，放鬆了油門，時速降到了七十。

「大家都這樣想，所以凌晨才容易出事。」妻子撩了撩頭髮，「你行厚？不行的話我來開車喔！」

「行，拜託，也才幾杯而已！」他笑看著她，「妳也有喝，有差嗎？」

「我喝得比你少很多好嗎！」她嘖了一聲，「我就跟爸說不要讓你喝這麼多，我們還要開車回家呢！」

「這點還行，我平常應酬喝得更多，還不是這樣開回來！」吳立委倒是自信滿滿。

「唉，應該找代駕的！你心疼司機加班不是不行，那就找代駕。」妻子回頭看向了安全座椅上沉睡的女孩，「安全第一。」

「放心，車上有妳們，我可是打著十二萬分的精神在開車。」吳立委刻意睜亮一雙眼，酒精的確麻痺了一些感官，但有他摯愛的妻女在車上，他一點兒都不敢馬虎。

即使路上空無一人，紅燈時他還是乖乖停下，除了酒駕外，他現在可是個奉公守法的好國民。

「昨天的影片我看到了，就你接受請願書那件事……」妻子挑逗般的伸手摸摸他的頭髮，「很帥！」

「嗯。」吳立委輕笑著，「妳老公顏值還是有的！」

「是！而且處理得很好，不卑不亢……但我還是會擔心，下次別這樣貿然下車了吧。」她心疼的說，「萬一他們攻擊你怎麼辦？」

「他們只是要表達修法的訴求而已，那個許太太我知道，已經是反酒駕名人了。」吳立委無所謂的聳了聳肩，「她是理性的抗議者啦，所以我不擔心。」

「那也只是她，她就是個女人，他們那個團體這麼大，萬一有人失控怎麼辦？」妻子不以爲然，「他們把仇恨跟失去家人的痛怪在你們頭上，出手攻擊就糟了！」

怪在他們頭上……吳立委心頭一陣咯登，他們是不是眞的該怪？

修法立法的確是他們的事，而他也無法否認，整個立院根本沒人把這當一回事……因為太多達官顯貴都會酒後開車，修這個法，等於搬石頭砸自己的腳啊！這是社會現實，怨不得人。

今天就算他想要立法，整個立院就他一個人積極，能起什麼作用？眞表態了還惹惱自己的金主跟同事，根本吃力不討好。

『**嚓……沙沙……**』正在播歌的音響突然出現雜音，妻子伸手調整。

「怎麼回事啊？雜音這麼重？」她唸叨著，拿起自己的手機查看，音樂是連接她手機的。

「該不會音響有問題吧？」吳立委仍舊保持專注，直行，時速加到了八十。

「好好的怎麼會？」妻子按了暫停鍵，準備跳到下一首歌。

『**沙沙……歡迎搭乘制裁列車。**』冰冷的女人聲音突然清楚的響起。

咦？前座的夫妻忍不住面面相覷，什麼東西？

「妳在鬧什麼？」吳立委第一時間想到的是妻子，畢竟藍芽是連她的手機。

「不是我啊！我剛才把藍牙切斷而已！」妻子立即亮了手機朝向他，「你自己看，我切斷了！」

『**歡迎搭乘制裁列車，制裁即將開始。**』耳畔裡繼續傳來那令人錯愕的女聲。

吳立委確定眼前沒有車，才大膽的朝右看向妻子的手——但他根本來不及看見她手機上面是什麼，卻被她後方、也是車子右側那兩盞刺眼的大燈閃得瞇起雙眼！

『本列車將對您的所做的惡事進行制裁，本單位已進行詳細調查，做到勿枉勿縱。』收音機裡繼續傳來陌生女人冰冷且制式的聲音，但誰也沒心思聽。

右方岔路上突然高速衝出一輛車子，直接攔腰撞上了他們的車！

「哇——」吳立委根本什麼都來不及看見，只聽得見妻子的尖叫聲，還有一陣天旋地轉。

車子高速衝撞，翻騰好幾圈，每一圈都噴飛一堆玻璃與金屬物，直到越過了分隔島，在對向車道勉強才停了下來，車子最後頭下腳上，車頂還在柏油路上磨出一道金屬火花。

對向車道的車子緊急煞車，驚魂未定的看著那台飛過來又摔得悽慘的車，右側已經直接撞成ㄑ字型，整台車子也破碎不堪。

而肇事車輛就卡在原本的路上，車頭全毀，喇叭聲長鳴著，在深夜裡聽來令人極度不安。

後方駛來的車主下車奔向肇事車輛，還沒接近，就可以聞到車內濃重的酒味。

「幹，又是酒駕！」

而對向目擊者車輛趕緊報警，再下車查看被撞車子裡的人，他趴在地上往裡一瞧，即刻不忍卒睹的別開視線，因爲他先看到了一個孩子，頸部以非常人的姿態扭曲著。

『……沙沙……』而收音機裡，依舊傳來詭異的雜音。

車禍後，吳世輝陷入重度昏迷，過了一個月才甦醒。

他奇蹟式的生還，睜眼後腦子一片空白，一開始連自己是誰都不記得，幾小時後才開始漸漸恢復記憶；但車禍當天的記憶全然消失，他的記憶只停留在那天上午，要進立院前被反酒駕團體攔下的時候。

所以當他問著妻子跟女兒在哪裡時，父母用泫然欲泣的眼神看著他，緊握住他的手要他節哀時，他完全不能接受！至今一年，依然走不出傷痛。

「吳先生，吳立委。」醫生不客氣的站在他病床邊，「你一定要試著動，要復健，要不然你就只能在這床上當廢人了。」

吳世輝兩眼無神的望著天花板，現在的他哪有什麼溫文儒雅？氣質出眾？他只是一個發福、滿臉鬍渣的頹廢人罷了。

有差別嗎？他早就是廢人了。他幽幽別過頭，「我、我我我不不是立……委了……」

上週立委才剛選完，他這種樣子怎麼可能去參加競選……他這輩子都不可能了。

「沒了腳又怎麼樣？現在醫學這麼發達，有的是義肢可以做，沒有義肢也有拐杖，你再怎樣也要試著生活自理吧？」醫生苦口婆心，這一年來他已經說到不想說了，「至少要會上下輪椅，要能自己生活，你以爲你父母能陪你多久？」

「我我我……想死死死死。」吳世輝從不避諱說出自己的願望，他想死很久了。

妻子跟女兒當場死亡，他雖然撿回一命，但是雙腳截肢，腦部創傷，現在連說話都有問題，說話變得極緩慢，連擠出一句過長句子都要非常努力，這樣的他，要如何爲民喉舌？

他就是個廢人，這樣活著，倒不如一開始就死在那場車禍了！爲什麼要讓他這樣活著？

「想死很容易，活著才難。」醫生笑了笑，「我以爲曾經是立委的人，意志會強大些。」

「強……強強強大？」他不悅的咬著牙，正首瞪向床邊的醫生，「你你你如……如果這樣，要怎怎麼強強強大……」

「強大跟身體狀況沒有直接關聯，是在於內心。」醫生不以爲然的說著，「你的妻女死了，身體殘廢，這是折磨是痛苦，但是你不能只看逝者跟自己，還有許多活著的人呢？例如你的父母親人？」

吳世輝緊握雙拳，想說些什麼，但情緒一激動卻更擠不出話來。

醫生也是很無奈，早該進行復健的吳世輝，卻一蹶不振的寧可花錢在VIP病房當廢人，卻完全不想離開這張床。

叩叩，門外敲響了聲，西裝筆挺的男人逕自走了進來。

「喔，」醫生認得那男人，是吳世輝的律師，「你們談。」

吳世輝看著走進來的男人，不由得眉頭緊蹙，這個律師負責車禍的所有事宜與賠償。

「立委。」律師禮貌的頷首。

吳世輝不悅的皺眉，「不、不不是……」

「好，吳先生。」律師理解他的意思，新的立委已經選出，畢竟事故已經一年多了，「我想跟您談談和解事宜。」

和解？吳世輝瞬間瞪大眼睛看向律師，「沒、沒沒有和和和解！」

「我懂，但是您先聽我說完！對方只有二十一歲，他酒駕沒錯，但是是初犯，按照法律就是罰錢吊照。但您也知道，他是富二代，這筆錢對他來說不算什麼，你想告到他傾家蕩產也不可能，他名下財產早已轉移。」律師語重心長的勸告，「但是對方提出極優渥的條件，五百萬和解。」

「不……不！」吳世輝氣得臉色漲紅，五百萬？

五百萬就想買他妻子的命？女兒的命？還有他的雙腳、他的人生，憑什麼！

五千萬都買不到！

律師望著他，似乎早就知道這樣的答案，自從吳世輝醒來後，就完全無法原諒肇事者。肇事者是個年輕的富二代，那天喝得爛醉，高速撞上也高速的他們，但富二代肋骨斷了幾根，性命無虞。

酒測值高達一點五四，但數字再高，都是錢能解決的。

「吳先生，我也可以依法去走，我們不和解，繼續提告，但您別忘了，您也酒駕。」律師實話實說，「但最後結果就是曠日費時，您也有責任，所以再怎樣都不會判到多高……」

絕對遠遠低於五百萬，肇事者也不會得到他希望的處分。

這就是法。

「爲……爲什麼……」情到激動處，吳世輝咬牙切齒，「不不不公平！」

這是什麼爛法條，爲什麼毀掉他家庭、殺了他妻女又毀掉他人生的混帳，所受到的懲罰這麼少？他至少要拿命來賠吧！

「不……我不管……」吳世輝吃力的說著，「就是、就是要告……、告告……」

「告什麼呢？吳立委？」

帶著笑的聲音驀地傳來，正撐著頸子起來的吳世輝驚愕的看著走進病房的身影，頓時呆在原地。

「陳立委。」律師彎著身，握住了吳世輝揪著他衣領的手，「你們先談，我明天再來。」

爲什麼？吳世輝滿眼疑惑的盯著律師瞧，但律師眼神明顯的閃躲……哦，他明白了，律師是跟陳立委一起來的。

他們要找他說什麼？吳世輝鬆開手，無力的躺回床上，腦子裡已經想出各種可能的狀況！他以前也是立委啊，怎會不知道這種運作？不管是不是富二代，只要有錢有人脈，就可以找立委「幫忙」、「關說」。

是了，既是富二代，家裡是富商，那麼找上陳立委來勸退他的提告，完全合理。

律師皮鞋聲喀喀離開，他還聽見關門的聲音，在陳立委開口前，吳世輝立即笑了起來。

「呵呵……呵呵呵……咳咳！」他甚至笑到岔了氣。

「欸，別激動！嗆到了吧！」陳立委上前，趕緊餵水，「舒舒氣，深呼吸……你也知道最近忙選舉，是眞沒時間過來看你，別生氣！」

是嗎？吳世輝心知肚明，除了他出事一開始眾多人來作秀後，他這兒就乏人問津了，他醒來後也只有幾個人來看過，其中就還眞沒有這個之前最「要好」的陳立委。

「說說說客對吧？」他啞著聲，冷笑一挑。

「欸，我就說你是明白人！」陳立委雙手擱在床欄上拍了拍，「你堅持下去是虧的，你也酒駕啊！時間耗得更多、拿到的還更少，重點是漫長的訴訟會讓你身心俱疲，這都是折磨，何必呢？」

吳世輝緊咬著牙，這些話爲什麼聽起來似曾相識？他好像也對那些被害者家屬這麼說過。

「世輝，你比我更清楚法。」大家都是法律系畢業的啊，「你知道走到最後，最嚴重也只有那樣，而問題是那小子絕對不會被重罰，但你說不定還更糟呢！」

吳世輝眼角泛著淚光，狠狠的看向陳立委。

「這不是懦弱，這是識時務者爲俊傑，你要知道，不管做什麼，老婆跟孩子都回不來了。」陳立委俯身低語，「不要跟自己過不去。」

「死……去……去死……」每個字都是從他齒縫裡迸出的。

「殺人都不會死刑了，這怎麼會死？別傻了！」陳立委搖了搖頭，「清醒點吧，你以前腦子很清醒的，你不是說過什麼來著……噢對，人死不能復生，有錢拿就快拿，至少後半生好生活，這才是死者的希望啊！」

陳立委說罷，拍了拍他，笑容裡帶著冰冷與嘲諷，轉身便走出去。

他說過！對！這是他說過的話，他以前怎麼會這麼混帳？因為他不懂家屬的痛苦，那種失去親人的撕心裂肺，沒有經歷過的人才會說出那種風涼話！

這是報應吧！吳世輝躺在床上痛哭失聲，這一定是上天給他的報應，他一再的敷衍那些受害者家屬，他避不修法，最終他也嘗到了一樣的苦楚——可是現在的他，什麼都沒辦法做了。

「拿錢吧。」

女人的聲音突然在床尾響起，吳世輝再度嚇了好大一跳，整張床都在顫動。

他驚恐的抬起頭子往床尾瞧，女人容顏未變，只是更瘦更黑了些，但他還是認得她就是反酒駕的許惠欣！

「錢拿了才實在，有這些錢你可以做更多事，因為你鬥不過法的。」許惠欣開門見山的朝他走來，「我知道你有錢，但沒人會嫌錢多的，錢要多到好生活，在你能自理前，你需要大把的金錢照顧你的生活起居。」

「妳妳妳怎麼……」

「因爲那個陳立委說得沒錯，要是鬥得過法，那我每天站在街頭抗議什麼？」許惠欣將一張名片遞給他，「好好復健，我不求你站起來，但能推著輪椅也好，至少能到現場。」

吳世輝瞪著那張名片，卻沒有收，他用狐疑的態度盯著女人。

「去、去哪裡……」

許惠欣一怔，蹙眉帶了點不可思議，「你不想替你妻女討回公道嗎？」

「公公公道……」吳世輝顫抖著，「沒、沒法……」

「所以要修，這就是我們幾年來不肯放棄的原因，不爭取修法，就對不起我慘死的丈夫跟孩子。」許惠欣將他的枕頭一角掀起，把名片塞了進去，「你現在已經跟我們感同身受了，已經瞭解我的痛！」

語畢，許惠欣轉身離去，吳世輝本想叫住她，伸長了手卻不知道能說些什麼……是啊，他想說什麼？

對不起？這句話根本放屁。

他該說對不起的，是對自己的妻女啊！

上天爲什麼要這麼折磨他？爲什麼要讓他嘗受這種生不如死的……咦？吳世輝突然一震，剛剛腦子裡閃過了什麼聲音？

那天在車上，車禍前音響是不是傳來了什麼奇怪的話語？

好像是說什麼制裁之類的……

入了冬，寒流侵襲的正午只有十度左右，男男女女穿著羽絨衣，圍著圍巾，依舊努力不懈的高舉牌子、發放傳單，在立院門口靜坐抗議，表達自己的訴求。前幾天又有一起酒駕肇事，晨起運動的路人被撞得頭身分離，肇事者爛醉如泥，清醒後才知道自己撞死了人。

許惠欣相信酒精會麻痺一切，也相信喝到醉的人什麼都不記得，重點是爲什麼這樣的人還要開車？

所以今日他們更要加強抗議的力道，她上午跟幾個幹部到處去找媒體與相關人員請願，強調著修法重罰的勢在必行，下午一點匆匆趕回現場，他們今天下午兩點有一場正式的遊行抗議。

有許多民眾也自願加入，申請的路權不長，但該有的訴求不能省。

「許，快兩點了，我們要準備了！」夥伴們抓過一把布條，要幹部們紛紛繫上。

「好！交代下去，這是理性訴求，千萬不要變成暴力。」許惠欣抓住一個男子說道，「張大哥，你幫我跟那幾個爸爸說說，我知道他們悲憤交加，但一定要控制住。」

「放心，我看著。」男子沉痛的點點頭，有幾個新加入的受害者家屬，依舊沉浸在家破人亡的悲傷中。

「其他人手如果空著，就把我們的傳單跟請願書發出去，路上會有很多行人的。」許惠欣溫柔的說著，「我相信大部分的民眾是站在我們這邊的。」

夥伴們同意，卻只是苦笑，「是啊，明明大部分民意是支持酒駕重罰的，可是……」

「因因因爲……權力是是是把持在在在……少部分人手手手中……」

曾經輕揚的聲音如此略帶沙啞的傳來，聲音的高度像是孩子般的身高，許惠欣詫異的一怔，回首看向比自己矮了許多的方向。

男人坐在輪椅上，圓滾滾臉型已不見當年英姿煥發，添的是更多的滄桑。幾個夥伴還在打量著輪椅男是誰，低聲交談著這是哪位？許惠欣卻一眼就認出男人。

「自己來的？」她笑了起來。

「自自自己來的，這這是電動輪椅，很方方方便。」吳世輝伸出雙手，「傳傳傳單能分分分我一些些些些嗎？我……」

「沒問題。」許惠欣從一旁桌上拿出一疊傳單，交付到他手上，「我們兩點正式開始，吳先生，先去集合點吧。」

吳世輝點了點頭，將傳單擱在腿上，操控著輪椅往外。

「啊！我的天哪！」有人認了出來，詫異的圓睜雙眼，「那不是之前的——」那個吳立委嗎？是了，他被酒駕的富二代撞上，妻女當場死亡，自己雙腿俱殘還加上腦損傷！

許惠欣朝他們使了個眼色，「來到這裡，大家都只是反酒駕的一份子。」話中有話，所有人都心照不宣。

但心裡還是有著實際的想法，若不是這位吳立委也歷經過與他們相同的痛，又怎麼可能會真正感同身受呢？

「乾杯！」

威士忌杯互相碰撞，一屋子男人們喜出望外的互擊，慶祝順利和解。

「陳立委，這次真的要謝謝你！」企業家過來，再三向陳立委道謝。

「別這樣說，舉手之勞而已！」陳立委客氣極，「老吳好歹也是舊同事，他知道的。」

「唉，都是我那個兒子，我有叫他不要酒駕的，他就是不聽！」富商說著言不由衷的話，「我現在把他送出國了，叫他在國外好好反省。」

是嗎？出去不會改吸毒吧？陳立委看著富商，這老頭子沒一句是真的。

「還是孩子而已，經過這次後會學到教訓的。」陳立委也自有一套敷衍的說詞。

「事情總算是解決了，那個姓吳的不會後面又獅子大開口吧？」富商憂心的是這個。

「這個我來處理吧。」陳立委嘴上這麼說，但心裡想的是：吳世輝不該是這樣的人。

最後他會答應和解也不意外，這已經是最好的情況了，再拖下去對誰都沒好處，還領不到五百萬呢。

「立委！」助理突然匆匆跑來，一臉十萬火急。

陳立委一眼就看出有事，鎮靜的向富商們告別，匆匆的跟了出去，「說。」

「吳世輝剛剛召開了記者會，表示正式成立酒駕修法聯盟，即將展開一連串的活動，就是要逼大家修法。」

陳立委緩下腳步，神情瞬而輕鬆，「我還以爲是什麼大事呢！唉，別緊張！」

「可是……很受矚目啊，他是前立委……」

「修法有這麼容易的話，每天還有這麼多人在酒駕？」他搖了搖頭，諷刺的笑了起來，「不過眞不能小看曾是立委的人，他很知道怎麼搏版面嘛！」

「不、不管嗎？」助理有點膽戰心驚，「他還是跟那個許太太一起開記者會的。」

「管啊，怎麼不管！我們一出去表示同理心，感同身受。」陳立委已經想好了一套美妙的劇本，「表示跟他們站在一起，接受請願書，然後要一起爲修法奮鬥！」

助理眨了眨眼，「然後……」

「修法又不是我一個人的事！要先通過提案、接著還得多少人同意，我最後了不起就落個心有餘而力不足！」陳立委雙掌一拍，「眞要做，就再調高個罰款就好了啊！」

反正眞的會酒駕的人，根本不會把高額罰金放在眼裡，到時他還是可以跟選民交代，他努力過了，修法調高罰金了啊！

對！就這麼辦，這樣還可以提高聲勢！

愉快的一回到聚會場所，幾個同事果然都收到一樣的消息，紛紛表示擔憂。

「唉，別急！法擺在那兒，該怎麼判還有法官那一關，要到最高刑罰沒這麼容易的！」立委們已經在討論了，「之前不是明擺著有個故意殺人的死刑嗎？」

「酒醉怎麼能算故意殺人！也沒哪個蠢蛋會承認啊！」

「不過說眞的，吳世輝聲望不低，那個酒駕修法聯盟自從他加入後有聲有色的，網路聲量越來越高，今天又開記者會。」有同事略感威脅，「我覺得這事要趁早防範，可不能讓他們坐大了，我們做事都麻煩。」

陳立委沉吟著，搖晃著手上的酒杯，「說得有理，我想吳世輝好歹以前是立委，應該是個識時務的傢伙，如果能讓他成爲我們跟反酒駕的橋樑，倒也不錯。」

「這是在拉高他的聲望嗎？」有立委提出質疑，這不是搬石頭砸自己的腳？

「不不，事情要想兩面。」陳立委劃上微笑，「這也是提高我們的聲望啊……想想，積極與反酒駕的人士接觸，不是更能表示我們的誠意與努力？」

幾個立委微蹙眉，接著交換著眼神，在數秒內瞭然於胸，恍然大悟。

「再然後，還可以讓他幫我們壓制反酒駕的聲音？緩和緩和？」

「是了是了，我們竭盡全力，但卻無法掌控全局。」立委們紛紛咧嘴而笑，「結果怎麼樣，就不是我們的問題了！」

「是囉是囉！」男人們朗聲大笑，愉快的互擊了手中的杯子。

鏘！

從高級飯店一路被送至停車場，幾個過去的同事與長官親自送吳世輝上車，他的笑容像面具一般凝結在嘴角，好不容易終於得以驅車離去；從後照鏡還可以看到立委們仍舊朝他揮手道別，他強忍著即將崩潰的情緒，趕緊將車駛離了他們的視線範圍。

「嗚……嗚——」笑容瓦解，眼淚再也止不住的潰堤，「去……去死死死，去去去死！」

他口齒不清的喊著，一邊吼著一邊搥著方向盤，激動的他車子開得歪七扭八，後頭的喇叭聲是被他嚇到的車輛，他才趕緊靠邊停下。

什麼討論修法，完全就是鴻門宴！話裡話外都是威脅，什麼他過去當立委時做過什麼大家都知道，隨便找個記者爆料他就完了，連現在想做的事也甭想繼續！

要他待在酒駕修法聯盟運籌帷幄，壓制家屬躁動的情緒，與立委們裡應外合，法他們當然會修，只是最後走向又是加重罰款罷了！

什麼實質性刑罰，鞭刑或是死刑這種就不要做白日夢了，做人要實事求是！我們是個講究人權的國度啊！

說白了，死人還談什麼人權！

「啊啊啊啊——」吳世輝發狂的用頭猛撞方向盤，恨意滿身。

但最悲傷的是，這些話都曾出自他口中！

從開始跟著反酒駕抗爭至此，他一路走來，就像是……他也親手害死了自己的妻女一樣，彷彿走到這一步，都是他一手促成的。

他也對其他受害者家屬說過一樣的話，也覺得要求酒駕修法簡直異想天開，上一次的加重罰緩他也是參與者，也只是給個交代。

他這種人，根本罪該萬死！如果早一點修法、讓人們不敢酒駕，或許……或許他現在就不是這個樣子了！

「對不起……對不……」他哭喊著，不知道是向著自己？妻子？女兒？還是那些酒駕受害者們？

手機震動，滿臉是淚的他拿起來瞥了眼，來電是許惠欣，她急著想知道談話結果，但他怎麼說得出口？一切都是演戲，他們都即將變成被政客利用的一份子，只是幫助他們步步高升的棋子！

這種事他怎麼做得出來？那些人沒有痛過，就不會知道他人的痛苦！

鬆開安全帶，他彎身探向副駕駛座下的冰箱，打開來裡面有飲料、有水，也有啤酒，他難受的一口氣灌下一瓶又一瓶，多少個夜晚他都希望自己最好醉死不再醒來，或許就能結束這惡夢般的一切了。

身心障礙者用車在黑暗中安靜的停著，吳世輝拼命的想用酒精麻痺自己，但不知道為什麼，痛楚凌駕了一切，他越喝越清醒，最終在車內痛哭失聲。

無聲的手機不停亮著，在總部的許惠欣非常不安。

「我覺得不對勁！」她抓起外套，決定去找人，「我去飯店看看！」

「咦？會出什麼事嗎？」

「我不知道，就是覺得心裡不安。」許惠欣趕緊往外走，「不管狀況如何，他都應該會回我一聲的，現在都十點多了，飯局應該早就結束。」

「會不會談得不好？吳先生心情不好所以不回應？」有人提出了疑議。

「我還就怕這個，他壓力很大，一直覺得虧欠我們，也希望能用自己的影響力促成修法……萬一那些老狐狸們不答應，我怕他就此消沉。」許惠欣匆忙的上了車，「大家保持聯繫，我去找他。」

她擔心的是，吳世輝的一時想不開！

途中她不停的打電話，依然無人接聽，趁著紅燈還傳了訊息，告訴吳世輝，「不管結果如何都不要氣餒，放棄才是失敗，總有路可以走的。」

「拜託不要想不開啊！」她心急如焚，因爲她知道吳世輝所受的心理折磨，也知道他其實都在強顏歡笑。

有人的確覺得上天讓他遭遇酒駕、腦子受創、截肢與妻女雙亡，或許是一種報應，這樣他才能深刻明白他們的痛；但她不希望這麼去想，她把吳世輝當成他們的一份子，不管他之前是什麼身分，他就只是一個酒駕受害者而已。

他自己也不要把這麼多罪過攬在自己身上，大家一起努力，爲自己及逝去的親人發聲就好……磅！

「啊呀——」突如其來的巨響嚇得許惠欣一跳，方向盤脫離她的雙手，她整個人往前趴去，安全氣囊頓時爆開！

巨大的力量在她胸口炸開，她只感到疼痛，一切都無法反應！

頭暈目眩下，她趴在安全氣囊上睜眼，好痛……天哪……看著碎裂的擋風玻璃，她這才意識到自己被追尾了。

「搞什麼……」勉強打開車門，許惠欣趕緊下了車。

她的車子從後面被追撞，導致車頭撞上了分隔島的行道樹，車頭全毀，所以玻璃才會破。許惠欣覺得頭暈目眩，胸口疼痛，踉蹌的往後看，追撞他的是一台黑頭賓士，裡頭的人看起來也不太清醒。

她突然想起那天，她與家人被追撞的情形……雙腳不住的開始發抖，她拼命的深呼吸，告訴自己沒事，沒事的。

「沒事吧？」她跌跌撞撞的走過去，肇事車主終於打開了門。

「幹什麼啊？妳怎麼開車的？」一頭亂髮、滿臉是血的男人咆哮著，不必逼近，她就能聞到渾身的酒氣！

酒駕？

「我幹什麼？你酒駕耶！」許惠欣真的是瞬間清醒，怒火中燒，「是你撞我！」

「是妳開太慢吧！妳擋在路中央！」男人吼著，不顧額上淌著鮮血，「搞什麼！妳知不知道我車上有孩子啊？」

餘音未落，車子後座的人也下了車，一個女人帶著兩個孩子走出來，較大的孩子大概五、六歲，正被嚇得嚎啕大哭，小的那個被抱在懷中，看起來不太明白發生了什麼事。

但女人蒼白著一張臉，驚魂未定。

「知道有小孩你還酒駕？代駕很難嗎？你這是把你家人放在危險中！」

「妳在訓什麼啊！這種事罰點錢就了事了！」男人嗤之以鼻，回身問向老婆，「妳還好嗎？」

在車旁的妻子勉強點點頭，眼神還是有點渙散，只是緊緊護著孩子，後方的車還要通過，他們的車禍已經佔了內線車道了，所以女人拉著孩子站到車子後方去，得讓出車道來。

肇事者不管許惠欣，逕自走到一旁打手機，當聽見那通電話他並非報警時，她氣得立即打電話報警。

「喂！妳幹什麼！這種事有必要報警嗎？」男人突然折返，意圖搶她的手機，「妳要多少？我賠給妳！」

「有錢了不起嗎？」許惠欣退後一大步，「你膽敢搶我手機，我再多告你一條搶劫！」

「妳敢？妳知道我是誰嗎？」男人凶惡的指著她。

「我管你是誰……喂，我要報案，我們發生了車禍！」許惠欣不管男人的警告，即刻報了案，「我們在路口……」

誰管他是誰？又是一個不知道自己是誰的可憐人嗎？許惠欣一邊報著路名一邊瞪著滿臉是血的男人，她突然覺得，她在哪裡看過他？

『本列車將對您所做的惡事進行制裁，本單位已進行詳細調查，做到勿枉勿縱。』莫名清晰的聲音，突然從肇事的車輛傳來。

就在車門旁的男人愣了一下，湊上前去聽，連許惠欣都覺得狐疑。

「什麼東西！從剛剛就一直響！什麼制裁列車的！」男人低咒著，探身入車內，抽起面紙擦去臉上的血，「這是什麼電台？」

撞車前就傳來這奇怪的廣告，聽了就令人不爽！

許惠欣看著擦拭臉的男人，不由得瞪大了眼，「你是陳立委？」

陳立委一愣，一時也還沒發現眼前的女人是誰？「妳是——」

磅——一陣巨響，打斷了他的對話。

「哇呀——」緊接著，是對向路人傳來的驚恐尖叫聲，然後是黑色賓士被狠狠撞上，整台車再往前被推撞了一公尺，嚇得在車旁的許惠欣與陳立委紛紛閃避！

然後有台車就這樣從他們眼前高速駛過，被撞飛的女人騰空飛起，在許惠欣完全看不到之際，重重的摔到了她的車頂上！

同時間有小小的身影飛撞上前方路燈的桿子後落下，撞上時的聲音聽來令人心寒，路燈桿上瞬間鮮血淋漓，孩子的頭炸開了花。

而那台高速從他們眼前開過的車子沒有減速的跡象，車後卻拖著一條長長的血痕……後輪那兒還可以看見類似男孩的雙腳。

「啊啊……啊啊啊——」回神的陳立委當即崩潰，追了上去，「阿實！我的孩子——」

許惠欣呆在原地，戰戰兢兢的向右看向砸凹她車頂的女人，她不知道該不該抹去自己臉上被濺上的鮮血。

她幾乎站不住的腿軟，不支的跌坐在地。

前方肇事車輛被路人攔了下來，車子後方有著身心障礙者標誌，她認得……認得那輛車。

「下車！滾下來！」路人拍打著玻璃，意識不清的吳世輝努力睜開沉重的眼皮看著一堆人在車外。

幹什麼啊……呃，他還打了個酒嗝。

「我的孩子啊！」車後方的陳立委趴了下來，他想拖出他的長子啊！

『沙沙……』吳世輝懶洋洋的聽著自己車上收音機傳來聲響，**『謝謝您搭乘制裁列車，本列車已制裁完畢。』**

全文完

後記

這篇很有趣的緣起，是在二〇一九年的鬼月吧？那時想著鬼月寫些隨筆，手擱在鍵盤上時腦子是一片空白，因爲我想寫一個跟現行所有故事完全無關的隨筆。

ＦＢ的隨筆都馬短短的，但短短的又要有點驚悚，莫名其妙的想到了捷運。所以我開始先寫捷運場景，是的，其實第一篇隨筆中，在我腦海裡的場景是捷運，而且還是腳踏車的車廂，因爲楔子裡那女孩站的地方，是繫腳踏車的架子旁。

緊接著想到捷運裡能出什麼事？也不知怎麼的出現了老鼠、血腥、制裁，一切水到渠成，制裁列車就這樣在隨筆中誕生了。

迴響有點出乎意料，大家意外的喜歡這個題材，總覺得是因爲大家生活在苦悶的社會中，加上有許多不平等。

這裡所謂的不平等，非指天生、或是出身的不平，我覺得更多是律法上的不公、法源大有問題的重罪輕判、人權是否無限上綱等等問題，我還是覺得這是我們的社會國家該檢視的。

我能理解精神病患者的不得已、家屬的苦痛，但國家要找尋的是一個解決的方式，而非採取放任；是否通報各鄉鎮單位？是否有有效的醫療機構及健全的體系？有些患者就是不適宜回到社會，就讓他在機構中安度一生。

並不是採取放任，或是只在相關機構待個幾年就要家屬自己管，許多不定時炸彈到處在社會中流竄，許多人是情非得已、身不由己，這我們都懂，但被傷害或是被殺死的人，總不是活該吧？

二〇二〇年，好多件匪夷所思的案子，殺了人都能無罪，即使他有精神疾病，或許應該判到一個健全的機構去，請注意我使用了「健全」二字，也就是要專業醫生及醫療照護，並且終身或是嚴格的評判標準，決定他是否能回到社會，而不是讓大家都生活在恐懼中，不知道你旁邊的人會不會突然暴走，然後他可以輕易殺了你卻無罪，或是很快假釋。

之前看到有人戲稱，吸菸或是偷拍的，判得都比殺人跟詐騙重，不知怎地，笑著笑著就覺得悲從中來，所以制裁列車裡的故事，許多是法律無法做到眞正制裁的故事。

但許多事情又非表象那樣，背後都有其原因，我不想寫那種絕對或是無道理的事件，不能夠單純的二分法卻判定事情的對與錯。

一位成年人變態殺人，他絕對要負責，但是原生家庭究竟有沒有關係？

一位成年人啃老耍廢，他是天生不孝，還是誰後天養成了他？

一位成年人虐殺動物，是天生反社會？還是童年的遭遇引導他走上這條路？

尋仇暴怒一時爽，現在已經到了按一聲喇叭就能殺一個人的地步了，如此的肆無忌憚背後是何故？

大家每天汲汲營營爲生活，小小的違規是犯到誰了？何以要檢舉？究竟是檢舉的人病態？還是違規的人錯？人情與法規究竟誰要擺在前面？僥倖之間那百分之一的「萬一」，誰又扛得起？

天下眞的無不是的父母？

一個努力想正常的人，社會願不願意給他正常的空間？

詐騙天堂多美好，爽賺錢負的刑責又不重，誰還要庸碌生活？

重罪輕判的一切關鍵到底在法官？還是法源？或是官官相護？

有很多其實要思考的地方，但身爲一個平民百姓，我只希望可以安居樂業的過生活，不需要擔心路上有無差別殺人、背後勒頸擄人、或是多看一眼就慘死街頭。

願天下眞的有制裁列車，但更希望不需要有制裁列車。

最後，容我再三強調，這本是小說，一切均爲故事，所有內容純屬虛構，如有雷同那保證是巧合。

萬分感謝購買這本書的您們，購書才是對作者最實質且直接的支持，沒有您們的購書，作者便無法繼續書寫下去，謝謝！

笭菁

境外之城 114

制裁列車

作　　者／等菁
企畫選書人／張世國
責任編輯／張世國

發　行　人／何飛鵬
副總編輯／王雪莉
業務經理／李振東
行銷企劃／陳姿億
資深版權專員／許儀盈
版權行政暨數位業務專員／陳玉鈴
法律顧問／元禾法律事務所　王子文律師
出版／奇幻基地出版
城邦文化事業股份有限公司
台北市南港區昆陽街16號4樓
電話：(02)25007008　傳眞：(02)25027676
網址：www.ffoundation.com.tw
e-mail：ffoundation@cite.com.tw
發行／英屬蓋曼群島商家庭傳媒股份有限公司城邦分公司
台北市南港區昆陽街16號8樓
書虫客服服務專線：(02)25007718・(02)25007719
24 小時傳眞服務：(02)25170999・(02)25001991
服務時間：週一至週五09:30-12:00・13:30-17:00
郵撥帳號：19863813　戶名：書虫股份有限公司
讀者服務信箱 E-mail：service@readingclub.com.tw
歡迎光臨城邦讀書花園 網址：www.cite.com.tw
香港發行所／城邦（香港）出版集團有限公司
香港灣仔駱克道 193 號東超商業中心 1 樓
電話：(852) 2508-6231 傳眞：(852) 2578-9337
馬新發行所／城邦（馬新）出版集團
【Cite(M)Sdn. Bhd.(458372U)】
11, Jalan 30D/146, Desa Tasik,
Sungai Besi, 57000 Kuala Lumpur, Malaysia.
電話：(603) 90578822　傳眞：(603) 90576622

封面插畫／豆花
封面版型設計／邱哥工作室
排　　版／極翔企業有限公司
印　　刷／高典印刷有限公司
■2020 年（民 109）12 月 1 日初版一刷
■2024 年（民 113）5 月 3 日初版6刷

售價／320元

國家圖書館出版品預行編目資料

制裁列車 / 等菁著；.-- 初版 .-- 台北市：奇幻基地出版；家庭傳媒城邦分公司發行；2020.12（民109.12）
面：公分 .--（境外之城：114）
ISBN 978-986-99766-0-2（平裝）
863.57　　109018140

ISBN 978-986-99766-0-2
Printed in Taiwan.

※ 本故事內容純屬虛構，如有雷同，純屬巧合。

廣 告 回 函
北區郵政管理登記證
台北廣字第000791號
郵資已付，免貼郵票

104台北市民生東路二段141號11樓

英屬蓋曼群島商家庭傳媒股份有限公司城邦分公司 收

請沿虛線對摺，謝謝

每個人都有一本奇幻文學的啓蒙書

奇幻基地官網：http://www.ffoundation.com.tw
奇幻基地粉絲團：http://www.facebook.com/ffoundation

書號：1HO114　　書名：制裁列車

請於此處用膠水黏貼

讀者回函卡

謝謝您購買我們出版的書籍！請費心填寫此回函卡，我們將不定期寄上城邦集團最新的出版訊息。

姓名：＿＿＿＿＿＿＿＿＿＿＿＿ 性別：□男 □女

生日：西元＿＿＿＿年＿＿＿＿月＿＿＿＿日

地址：＿＿＿＿＿＿＿＿＿＿＿＿

聯絡電話：＿＿＿＿＿＿ 傳真：＿＿＿＿＿＿

E-mail：＿＿＿＿＿＿＿＿＿＿＿＿

學歷：□1.小學 □2.國中 □3.高中 □4.大專 □5.研究所以上

職業：□1.學生 □2.軍公教 □3.服務 □4.金融 □5.製造 □6.資訊

□7.傳播 □8.自由業 □9.農漁牧 □10.家管 □11.退休

□12.其他＿＿＿＿＿＿

您從何種方式得知本書消息？

□1.書店 □2.網路 □3.報紙 □4.雜誌 □5.廣播 □6.電視

□7.親友推薦 □8.其他＿＿＿＿＿＿

您通常以何種方式購書？

□1.書店 □2.網路 □3.傳真訂購 □4.郵局劃撥 □5.其他

您購買本書的原因是（單選）

□1.封面吸引人 □2.內容豐富 □3.價格合理

您喜歡以下哪一種類型的書籍？（可複選）

□1.科幻 □2.魔法奇幻 □3.恐怖 □4.偵探推理

□5.實用類型工具書籍

為提供訂購、行銷、客戶管理或其他合於營業登記項目或章程所定業務之目的，英屬蓋曼群島商家庭傳媒（股）公司城邦分公司，於本集團之營運期間及地區內，將以電郵、傳真、電話、簡訊、郵寄或其他公告方式利用您提供之資料（資料類別：C001、C002、C003、C011等）。利用對象除本集團外，亦可能包括相關服務的協力機構。如您有依個資法第三條或其他需服務之處，得致電本公司客服中心電話 (02)25007718請求協助。相關資料如為非必要項目，不提供亦不影響您的權益。

1. C001辨識個人者：如消費者之姓名、地址、電話、電子郵件等資訊。
2. C002辨識財務者：如信用卡或轉帳帳戶資訊。
3. C003政府資料中之辨識者：如身分證字號或護照號碼（外國人）。
4. C011個人描述：如性別、國籍、出生年月日。

對我們的建議：＿＿＿＿＿＿＿＿＿＿＿＿

請於此處用膠水黏貼